The Date of Death

鍾靈作品

私の，限りなく残酷でいて，怖い手帖——

The Date of Death

鍾靈作品

私の，限りなく残酷でいて，怖い手帖——

鬼祭之日
The Date of Death

楔子

如果戀愛次數多寡可以代表某個人的人氣指數百分比，那麼我的人氣指數差不多只有1%左右吧。

雖然一點也不想承認，但在少得可憐的戀愛紀錄上，我所獲得的也只有「一平手、一慘敗」這樣悲哀的紀錄而已。

「平手」的那次發生在高二，對象是補習班認識的男孩，在高三的升學壓力下，不知不覺就被參考書、考卷和寫不完的習題沖淡了戀愛氛圍。放榜那天我們手牽手在南陽街吃冰，相互道賀之後不知為何就再也沒有見面了。

仔細回想起來，初吻也是在某次一起從補習班回家的路上，在不明亮的路燈下，彎曲狹窄的小巷交換的。理論上是永遠不會忘記的經驗，但此刻想起來竟然是如此淡薄。就連那個男孩青澀的笑容和最有特色的單眼皮都像是恍惚不真切的午後夢境那樣遙遠。

別人的初戀似乎都很刻骨銘心，但在我的初戀裡補習班班主任的臉竟比對方還要更清楚更鮮明。連自己都時常懷疑，那樣淡薄的情感，到底夠不夠資格稱之爲戀愛。

至於第二次，也就是「慘敗」的那次，橫跨了數年，也許正因花費了我那少得可憐的青春竟還得到如此結果，才會覺得輸得那麼慘吧。「慘敗」紀錄的締造者是我的大學同學，一名長得清秀斯文，頗有些書卷味，戴著眼鏡的男孩。他也有個帶著幾分書卷氣的名字，沈仲祺。

他跟我，從大四開始交往。

學生時代的戀愛大概就是那麼回事，一起寫作業、看電影、閒晃，非常平凡，但我卻從來不覺得不幸福。畢業之後，他入伍，我擔任日文翻譯，等他退伍進入出版社之後，也介紹我進入同家公司。雖然我和他並沒有刻意隱瞞什麼，但是知道我們關係的同事並不算多。

一起工作了兩年之後，某一天他從小說部調到雜誌部，當上了主管；接著在同事們的聚會裡，一名新來的小妹妹開始成了固定班底；再接著，他發現那位小妹妹跟他很聊得來，除了公事之外，還有更多更多更多的共同話題。

他的說法是：她比妳更懂我。

先是MSN，接著是沒完沒了的簡訊，最後就連我和他獨處時，他的手機也不避諱地響起，無視於我的存在，他自若地接起來電，用我以爲只會對我一個人展現的溫柔說著待會打給妳。

我想那已經踩到我的底線了。

「無論是再怎麼要好的純友誼，都應該替對方的另一半著想；即使辦不到，也該知道要避嫌——除非，純友誼只是幌子，她根本就是故意介入。她不是白痴，難道不知道這樣會造成你我之間的不愉快嗎？還是，她擺明了想造成你我之間的不愉快？」

我是那樣對沈仲祺說的。他跳起來，像是我懷疑他老媽偷人似的指責我，說我胡思亂想，電視看太多；他一臉受傷，質問我怎能不相信他，質問我怎能當他是那種亂劈腿、不忠誠的傢伙。

就這樣拖了一兩個月，再怎樣我、沈仲祺和小妹妹三個人也是同事，終於有天我們撞在一起。決定分手的瞬間比我想像中還短。情況是這樣的：電梯打開，裡面的沈仲祺和小妹妹笑鬧的表情因我而凝結僵止，而我靜靜地等待這兩人走出電梯，然後沉默地走進電梯，按鍵，上樓。

在看到那兩人表情僵住的剎那，決定就已經成型了。

後來在某晚，結束了一頓難得沒有那位小妹妹電話騷擾的晚餐，我在喝完最喜歡的咖啡後，對他說我們分手吧。他先以短暫的沉默來回應，接著才說，他需要時間好好想想，他承認他的心不再完整，但卻也堅持他和她並沒有什麼逾矩的行爲。

「並不是非要什麼實際行爲，才算得上背叛。」

對我而言，我的男人心裡有了別的女人，即使那女人只佔了幾千萬分之一的微小空間，最終他的心依舊不再完整無缺。如果我一開始愛上的男人就是如此，我認了，但他不是。他硬生生地搶回了已經交給我的心，再轉予別的女人。

然而，這其實不是最痛最痛的部分。

最痛的部分是，當我們完成協議分手之後，他眼神透出的輕鬆。

那是一種解脫、放下重擔的眼神，即使只有一閃而過，但我仍被那道目光燒灼，胸口焦黑了一塊。

原來分手，對他來說是件幸福的事。

這，才是眞正讓這段戀愛以「慘敗」收場的理由。

□

之後我換了工作、成爲一名不怎樣的記者，搬了家，重新換了MSN還有電話號碼，像是要洗去過去一切似的。

從那個時候開始，我努力地習慣一個人，一個人上班下班，一個人吃飯，一個人看電影，一個人逛街，一個人參加塞滿情侶的聚會，一個人。

雖然不是很開心，但至少無害，而且不痛。

但好友海豚不喜歡我這樣，她老是勸我。勸久不聽，索性施加威脅。

「……最近妳還是多參加聯誼好了，說不定會遇到不錯的緣分。」

「我知道妳擔心我……不過，我還在恢復期，暫時不想談戀愛。」

海豚警告似地說：「這種恢復期要是拖得太久，妳就會覺得自己一輩子都沒做好接受下一段感情的心理準備，然後一天拖過一天，等到發現的時候，妳已經變成獨居老人了！」

獨居老人是嗎？

除了我還行動自如之外，其實現在也沒有什麼兩樣了。

我已經是獨居老人了吧根本。

□

雖然我在自己心中半承認獨居老人這個事實，但海豚還是很努力地使用著她的方法，試著把我救上岸。她那麼努力，讓我不好意思告訴她，在冰冷的孤寂之海中浮沉其實沒有想像中痛苦，至少是平靜的，而且，那多少有些自我放棄的意味在吧。

我當然也渴望有個人分享我的生活，然而一旦擁有之後，伴隨幸福而來的會是更深的恐懼——恐懼這一切何時會消逝，恐懼兩人的未來是否走在同一條路上，恐懼這眞的就是那個對的人嗎？恐懼對方是不是也如此恐懼。接著就是沒完沒了的試煉，或者費盡心力想把對方拉進自認爲完美的人生規劃中，也可能是自己很努力地不要被對方拉進他理想中的完美人生，形成一種不愉快的拉鋸；而那種巧妙保持平衡的愛情，我總覺得不存在。

但即使如此，我此刻依然遵照好友指示，乖乖地坐在這裡，穿著我買來只在阿姨葬禮上穿過一次的黑色小洋裝，非常認眞地描了眉，上眼線。

坐在我對面的是一位樂觀向上的有爲青年，他秀出外商公司的名片，是位專案經理，但據聞年薪已破百萬。他的外表出色，配上靈活的社交手腕，可以說是全場最亮眼的人，一開始坐下沒多久，我身邊的女孩就已主動跟他要了MSN。他全身上下都充分顯露出他是炒熱氣氛的高手，是社交咖也是夜店王子。對於這個人的第一印象不好不壞，只是衷心覺得能這麼活潑也算是一種才能吧。

「還要再來杯飲料嗎？氣泡酒還是馬丁尼？」不知什麼搞笑的話題結束後，他突然看向我，體貼的問，「妳要喝點什麼嗎？」

我自恍神中清醒，擠出笑，「不用了，謝謝。」

「妳好像都不太講話，第一次聯誼嗎？」

「嗯，不是耶。」這陣子平均每星期聯誼一次。

他注意到我的杯子，「可樂？妳沒點含酒精飲料？」

「我不喜歡有酒精的飲料。」

他露出陽光般的燦爛笑容和潔白整齊的牙齒，「妳眞有趣。」

Mike，這是陽光樂觀有為青年的名字。他是個很健談的人，不知天生如此還是靠跑業務練就的好本領，我沒有深究。他非常努力地說著各種有趣的話題來塡補我不太說話帶來的空白，並且不見疲態。我必須說他獲得了一點加分，但也更因此讓我感覺，Mike是跟我截然不同類型的人，我們完全趨於社交數線的兩端，就像兩個背對背賽跑的人。

在Mike的勸說下，我喝了一口氣泡酒，但那已讓我覺得不太舒服。我想根本性的因素還是在於我的個性。對於被迫去做的事，總是會讓身體產生明顯的排斥作用。就像學生時代，一上數學課就會瞬間昏迷到不省人事一樣。

我從座位起身，慢慢地走向化妝室。

回來時，我站在包廂前猶豫了一會兒，反正沒有什麼隨身物品放在那裡，就此離去好像也是個不錯的選擇。於是我以緩慢的步伐走向電梯。在等電梯的時候，走廊另一端的包廂發出房門被重重推開的撞擊聲，接著是一堆破碎的話聲和高跟鞋混亂的腳步聲。

是一對男女。

兩人都是過於美好而一點也沒有現實感的樣貌。女方宛若女神般穿著一襲高雅的白色雪紡洋裝，精緻美麗的五官不知是因醉意還是怒意而透著不相襯的混亂與慌張，原本已相當高挑的身材加上鞋跟至少十公分高的金色高跟鞋，讓我不由得猜測她是模特兒之類的人物。

在她身後站著一名十分匹配的男性，兩人同樣擁有一張太過美麗脫俗，幾乎過度耀眼的臉。男人也同樣擁有完美的身材，穿著材質高貴的鐵灰色名牌西服，但眉頭深鎖，滿面愁容——但那些在這剎那間並不重要，重要的是，他的視線與我相交時，那深重的哀傷震撼了我，那雙漆黑明亮清透如玻璃且帶有感染力的眼眸讓我的靈魂為之一動。男人用修長的手指緊緊抓著身穿白洋裝的美麗女子手臂，像是想留住她，也像是在扶住她。

穿白洋裝的美麗女子顧不得自己已經離開包廂，近乎崩潰地哭喊著，男子以悲愴的眼神注視著她，並試著從後方抱住女人。

「不好意思，麻煩幫我叫計程車。」男人對走上前的服務生說道。他的聲音就像本人，沒有一絲能被挑剔的地方。

這說不定是某部電影還是連續劇的場景，不然這樣完美的一對在現實中不會出現。正當我這麼想的時候，突然有人從背後叫我。

「喔，是你。」叫我的人是Mike。

「妳沒事吧。想說妳怎麼離席這麼久，本來海豚要來找妳，我說我來看看就可以了。」

「不好意思，讓你們擔心了。我只是出來走走，透透氣。」

說話的同時，電梯門開啓，那對宛如天人下凡的戀人以與自身美貌不相襯的狼狽情景走入了電梯。在電梯門關上的剎那，我仍看見女子滿臉的淚水與失神的雙眼，還有男子那充滿愧疚與痛苦的目光。

他做錯了什麼事嗎？

爲什麼她難過得如此悲痛？

「……怎麼了嗎？從剛剛就一直看著電梯。」Mike問。

「沒什麼。」我說，「嘿，麻煩你幫我跟海豚說一聲，我明天一早還要上班，先回去了。你們慢慢玩吧。」

Mike露出半是訝異半是理解的表情，他幾乎未經考慮就提出，「我送妳回去。」

「不用了，我很好，自己回去就可以了。」

「玩得不開心嗎？」

「不會啊，只是有點累。」

他露出失望的表情，但仍帶著笑，「剛剛有交換名片吧？以後可以跟妳連絡嗎？」

「當然可以。」

「那我送妳下去搭車。」

「好，謝謝。」

坐上計程車後，我從車內回應Mike的揮手。

等車開動後，我讓身體重重靠向椅背，把心思調回剛剛在大廳遇到的那一對。愈回想，愈覺得那兩人根本像是從電影故事裡走出來的人物。只是，那麼悲傷的情緒，實在不適合那對漂亮好看的人。

像我這樣平凡的路人角色，實在很難想像那麼耀眼的人也會有難過的時候。童話故事裡的公主和王子，不是都負責過著幸福快樂的日子嗎？

那時的我只抱持著非常純粹的不解和好奇，完全沒有料到，我和那名擁有著黑色玻璃般眼眸的男子，會有再見的一天。

第1話

二月十七日

即使是日正當中的正午時分，我也完全感受不到一點暖意。

以沉重的腳步走出戒護醫院的自動門，我站在台階上，重重地呼了一口氣。冰冷的空氣灌入身體，帶來了一絲刺激。我將外套領口拉高，打開了計程車車門。這一連串的動作都是本能，此刻的我，心裡縈繞的全都是那名男子所說的話。

眞是的……

有點煩躁。

某種程度上，我幾乎相信那個人所說的，但是一般人可不會這麼想。有些事，除非自己親身經歷過，否則不管再怎麼被說服，也不可能說信就信。

特別是什麼神神鬼鬼的。

這下好了，我要怎麼下筆呢？直接把這起案件寫成惡魔幹的嗎？這樣我非丟掉飯碗不可吧？可是，我是這麼相信的，難道反而要隱藏自己的想法，跟別人寫出一樣的報導嗎？

帶著這樣的疑問，不知不覺，計程車已來到了報社前。

□

「哈囉，美女。」一走進社會新聞組，同組的攝影記者小亮便出聲呼喚我，「女魔頭找妳，快去吧。」

「咦？知道她找我什麼事嗎？」

一聽到是人稱「女魔頭」的組長陳修萍有請，我便覺得頭皮發麻。能夠被全體同仁一致尊稱爲「女魔頭」，其潑辣兇狠可見一斑。

小亮啃著鉛筆，聳聳肩，「大概是要問妳奇案系列的報導弄得怎麼樣了吧。放心啦，妳最近又沒做什麼觸犯天威的事。」

「也是啦，應該不至於打算把我推出去斬首示眾……」將沉重的背包放在座位上，脫下了大衣，順順頭髮，我走向組長辦公室。

陳修萍大約四十出頭，不論是穿著打扮還是髮型化妝，都不停地散發出一種非常精明幹練的氣息，也因爲這種特殊強烈的氣質，使得她在人群中格外顯眼。我對這位上司倒是沒什麼太大的私人好惡，只覺得陳修萍的霸氣奇重無比，總是令大家不由自主地心生懼意。

「組長找我？」

「坐啊。」女魔頭把手上的菸擰熄，吐出最後一口白霧，「那個奇案專題進度怎麼樣？」她從來不需要任何寒暄或是開場白。

「我才剛訪問回來。今天去探訪的是四年前萬德教會血案的犯人。」

「喔？他說了什麼有趣的話嗎？有沒有老實說出，當時到底是怎麼把活生生的人撕成碎片的？聽說警方到現在都還搞不清楚是用什麼兇器，才能把那些被害者搞得像一坨坨肉泥啊。」

馬上就切入重點了，眞是。

我考慮了一會兒，坦白以對，「他說，不是他親手幹的，他只是召喚出了某種力量。」

女魔頭注視著我，「妳現在不會要告訴我說，萬德教會血案的眞正兇手是個鬼還是妖怪什麼的吧？」

「……犯人認爲，是某種超自然力量。」我以非常平靜的口吻說著。

女魔頭沒有顯露出誇張的憤怒，只是冷冷地看著我，「我先聲明，妳不要交出什麼不像樣的報導。懂嗎？」語畢，重新點起一根菸。

「我懂。」

「妳可以出去了。」

在關上門的剎那，我還眞是佩服自己，有膽量，竟然敢跟組長說出眞話。不過，女魔頭竟然沒有如預期地破口大罵，這點倒是滿讓我意外。「怎麼一點常識都沒有？！哪個犯人會痛快承認：是，我是變態，我是個惡毒小人，所以才犯案的。當然會編出一套說詞嘛！什麼惡魔在耳邊呢喃叫我動手啦，我也是被迫的啦，其實我才是被害者啦什麼的，難道這些妳還不懂嗎？又不是第一天當記者了，眞是的！」本來以爲至少會罵這麼一串的。唉，大概是氣到沒力，連罵都不想罵了。也是啦，換作我是組長，如果下屬交了一篇報導說哪件案子的兇手是個鬼，我大概也會氣到癱瘓吧。這種報導根本就沒辦法出刊……不是嗎？

「怡賢！」冷不防一隻手掌撲上我的肩。

「哇！」

「哎呀，嚇到妳了，眞抱歉。在想什麼這麼入神……」是大學時的學姊葉瑞盈。小葉學姊是當時的校花，完全就是個標準的長髮美女，被仰慕者稱爲「台版全智賢」。

「學姊，妳眞是嚇死我了。」我吐吐舌，「妳明知道我很膽小。」

小葉學姊呵呵一笑，撥了撥長髮，「剛剛怎麼了？我一開完會出來，就看見妳呆呆站在走廊上，失魂落魄的。該不會是被女魔頭罵了吧？」

「也……也不算罵啦，哈哈。」我苦笑著，說道，「是我自己蠢，在訪問四年前的犯人時，不知道爲什麼就很相信犯人的自白……我果然不太適合跑社會線喔？還是娛樂線比較適合我。」

「呵呵，我倒是覺得妳一向很有推理頭腦，滿適合跑社會新聞耶。」小葉學姊看看錶，「午飯時間了，一起去吃小火鍋怎麼樣？」

「好啊，那我先把東西放好，待會兒在十字路口那家涮涮鍋見。」

「OK，待會兒見。」

□

小葉學姊一面把青江菜放入鍋中，一面問道：「對了，妳說妳今天去訪問的犯人是哪件案子的？」

「就是四年前的萬德教會的連續殺人案。學姊妳有印象吧？當時被第一手記者形容爲人體屠宰場的那件案子。」

小葉學姊微微皺眉，「午飯時間耶，我好像不該問的，聽起來很恐怖的樣子。」

「我是不太清楚，不過從照片上看來的確挺噁心的。但是，聽說我們社內存檔的照片只是比較一般的場景喔，眞正恐怖、讓人想吐的，好像都在警方那邊。本來我去之前想找當時負責的記者們聊聊的，可是一問之下，小強跟我說，當時負責這件案子的文字和攝影記者都已經離職了。哎，好可惜。」

「不過，妳怎麼會突然想調查四年前的舊案子呢？雖然在當時是很轟動，但是兇手很快就被逮捕，所以其實也沒有什麼想像空間可以探索，不是嗎？」

我托著腮，說道：「這個嘛……其實是因爲我最近接到女魔頭的指示，要我寫個台灣近年來駭人聽聞的刑案專題。」

「然後呢？」

「然後我就上網查查有沒有什麼疑案、奇案、血案、懸案之類的，就看到論壇上有討論串，說四年前萬德教會的案子，血腥無比，受害者個個死狀淒慘，所以我就開始調查萬德教會案。本來以爲是一般的案子……唉，我本來也只是覺得好玩又好奇，才去查了萬德案的資料，可是……算了，我想我眞的是太笨了。」

學姊的記者性格忍不住跑了出來，「可是什麼？」

「學姊妳聽了一定會笑我的。」

「不會啦，妳就說說看嘛。」

「不要。我不想被學姊唸。」

學姊舉起手，「我以頭版頭條發誓，保證不唸妳。」

「噗。好啦，我說就是了。」我放下筷子，做好心理建設後愼重開口，

「萬德案的犯人，那個姓徐的男人，他說，他沒有親手殺害那些教眾，只是詛咒了他們。」

「……詛咒？」小葉學姊皺眉，「什麼年代了，用詛咒殺人？以爲現在是在演『咒怨』嗎？這應該只是在胡說八道而已吧。」

「這也很有可能。不過，我總覺得那個人看起來並不像是在騙我……不，其實我也不確定，」我嘆了口氣，「我好像太容易受騙了。」

「嗯，妳一向是走單純路線的嘛。呵。」

學姊柔柔一笑，那笑容裡帶著一股俏皮，十分動人，就連同爲女性的我也不禁心動，當年傳說中的校花小葉學姊果然是名不虛傳。

走出溫暖的火鍋店，冷風迎面而來，我將雙手插在外套口袋裡，從店外的玻璃窗看著邋遢的自己，再看看身穿米白色雅致大衣的學姊，突然有種自慚形穢的感嘆。一樣都是女生，而且也才差一歲而已，怎麼學姊看起來正點到不行，自己卻一點品味都沒有。仔細想想，每次跟學姊走在一起，就有種好像會令學姊丟臉的感覺。

「我說怡賢啊。」小葉學姊推開店門，緩緩走了出來。

「嗯，怎麼了學姊？」

「那個萬德教會的詛咒啊，到底是什麼詛咒，能不能再說得詳細一點？」

我呆了呆，「學姊妳不也覺得那根本是子虛烏有的事嗎？怎麼又問起了？」

學姊答道：「剛剛在結帳的時候，我想起有個朋友是專寫恐怖小說的，老是問我有沒有什麼精彩故事可以提供。我覺得萬德教會的詛咒說不定可以拿來當恐怖故事的題材，所以才想再問清楚。」

「喔喔，原來如此。說的是啊，萬德教會的事拿來當作恐怖故事腳本的確是再好不過了。」我好奇地追問，「學姊的朋友是哪位作家啊？」

「鄭以薰。不知道妳有沒有聽過。」

我睜大眼，「就是傳說中的鄭以薰，大家尊稱以薰老師的那位？」

「咦，他這麼有名嗎？還有尊稱啊……」瑞盈一笑，「不過，我想就是他沒錯。」

「我可是他的書迷呢，這麼一來，就有機會見到偶像本人了，對吧？」

□

日期和時間：二〇一二年二月十七日，星期五，早上九點四十七分

地點：新明綜合療養院，戒護院區

記者：蘇怡賢

受訪者：徐智軒

我對著錄音筆說話，同時以眼角餘光偷瞄著坐在眼前的男人。男人身高大約一百七十五公分，身材標準，皮膚白皙，頭髮稱不上整潔，卻也不算凌亂，絡腮鬍遮掩了他大部分的面容，突顯出他細長的雙眼。資料上註明著男人至今不過三十出頭，但或許是過去的經歷，使他渾身透著一股難以形容的憔悴以及在老人身上才看得到的某種等待死亡的清明感。

「準備好講述您的故事了嗎？」我小心翼翼地避開「案件」之類的用

詞，不希望刺激到眼前的男人。

「帶菸來了嗎？」男人的聲音混沌不清，像在水裡說話似的，十分低沉。

「帶了。」我從背包裡拿出兩條萬寶路。這是對方要求的受訪代價。

男人並沒有接過菸，我只得隨手放在桌上。

「為什麼對我的故事好奇？」

半真半假地答道：「社內正在製作相關專題，每人都有任務分配，而我，剛好被派來訪問您。」

「……是嗎？」男人以食指順了順上唇的鬍子，深深吸了一口氣之後，開始了他自稱沒有人會相信的故事：

每個人的心裡，都有怨恨的人吧。

當然啦，這只是我認為。

也許世上真的有全然善良的人，不會怨恨他人的人吧。

但是我打從心裡不相信，被人欺侮卻還能懷著善意原諒對方這種事。不過，世上到底有沒有這種人，一點也不重要，重要的是，我啊，我不是這種人，絕對絕對不是。

有人罵我一句，我就會頂回一句。當然，有人對我一分好，我也會懂得感激回報。說起來，我應該是直來直往，很普通的人吧。平凡，而且隨處可見，不是什麼了不起或特別突出的人。我自認不是什麼壞人，但也不覺得自己完美，或是全然的善良。

總之，普通而平凡的我，在那件事之前，一直也就過著平凡無奇的日子。眞的是平凡無奇喔，有高興的時候也有不爽的時候，有喜歡的人也有討厭的人，工作也還OK，如果以分數來看，就是大概六十分到七十分的人生吧。及格，但並沒有好到哪裡去，也不曾擁有任何足以炫耀的東西；相反的，也不至於太差勁，反正就跟一般世人差不多嘛。

在認識她以前，我就是這麼一般。

她？她是誰呢？呵呵，是個女人，不，應該說，是個少女。

我認識她的時候，她剛滿十八歲呢。跟那些整天只會上網研究怎麼貼假睫毛的女孩子不一樣喔，她很清純，非常非常清純喔。我沒說謊，這是眞的。任何看過她的人都這麼覺得。

但，這可不是一件好事。

記者小姐，妳知道吧，有時候過於純潔不見得是好事。太過潔白會讓人刺眼，不舒服，讓人忍不住覺得，如果不那麼白、不那麼刺眼就好了。或者是，爲了不讓那種潔白和某些人的骯髒成爲對比，那麼就把潔白毀掉。反正，那個女孩子的純潔並不是一種能洗滌人心的美好，在某種程度上來說，它其實是一種誘人犯罪的力量。像是在對著大家招手，說著來毀掉這一切吧，來看看這樣的純潔被撕裂之後還會剩下什麼。

總而言之，那樣的氣息好像感染到了她身邊的每個人。爲了更了解她，我加入了她所在的教會。是的，就是萬德教會。說眞的什麼耶穌什麼上帝那些都不重要，我也沒在乎過教會裡那些怪裡怪氣的人，反正我就是想更貼近那個女孩子，想更了解她。

她對我很親切。

不，應該說，她對大家都很親切——除了五個人。那是五個年輕的高中生，有的和她同年，有的比她小，但最小的都有十六歲了。這五個人是誰呢？記者小姐，妳的紀錄上一定有吧？對，沒錯，就是那五個，那五個據說被我碎屍萬段的年輕男孩子。爲什麼是「據說」？哼哼，因爲那些被眾人當作我所犯下的罪行，並不是我親手幹的。

聽到這裡，記者小姐一定會想，這又是另一個想脫罪還是想搞個冤獄來平反的惡棍所想出來的狡辯吧？無所謂，跟所謂的眞相比起來，我更想要、更需要的反而是香菸呢。妳有火嗎？反正這些都是要給我的，那我就先來一根吧。

……呼呼。

說到哪兒了呢？

嗯啊，是的，那女孩，還有五名少年。

從我跟著她上教會之後，大概過了三、四個月，我發現她變胖了。後來，大家都知道，她是懷孕。事情簡單來說，就是在教會的某次宿營活動裡，這五名該死的少年把她迷昏，輪姦了她。

光是聽到這裡，我就感到不可思議。記者小姐，妳不覺得很難以理解嗎？怎麼可能——沒報警還是動私刑宰了這幾個王八蛋就算了，怎麼還能忍受跟這群畜牲同個教會禱告呢？光是想到就噁心透頂啊！

是吧？妳也這麼覺得吧？

直到那時，我才發現，萬德教會裡的那票人，主張著全然的善良，全然的原諒，相信寬恕的力量大於一切。道理這種無形的東西愛怎麼說我管不著，然而在萬德教會裡還眞的被化作行動……這我可忍受不了！於是我找機會問那女孩，妳眞的沒有怨恨嗎？妳眞的能原諒他們嗎？妳能忍受自己生下那群骯髒敗類的孩子嗎？她靜靜地看著我，微笑著。那種微笑很可怕，就只是微笑而已，在那微笑背面是一片空白、一片虛無、什麼都沒有喔。

……教會裡的人怎樣其實不重要，重要的是她呀。我想知道她的心到底是怎樣的，我想要知道她是不是痛恨那群傢伙，想知道她是不是被迫原諒那群人。於是我不停地追問這個問題，但是她投向我的也只有那一模一樣的微笑而已。漸漸的，我開始相信，她一定是如我所想的那樣，她一定很痛恨那群毀了她人生的下流敗類，但是卻無能爲力。一個可憐的少女，還挺著大肚子，被變態父母押到教會裡，在聖像前說著我願意寬恕——記者小姐，妳能想像吧？那該是多痛苦的事？！

而且，後來我才發現，萬德教會裡的傢伙，根本沒有什麼正常人。不相信嗎？嘿嘿，不信也是正常的。萬德教會的歷史很有問題，那裡面的人全都是該死的變態、變態！從多年以前就是，到了現在也一樣。唉，太多可憐的人……

總之，我下了決心，要找機會教訓那幾個敗類，看是要毒打還是要凌虐——說起來記者小姐大概也不會相信吧，其實，我並沒有想要殺人——是真的，我從來就沒想過要殺人。殺人是要坐牢的，那時的我還很清醒，很理性，不至於不顧一切……他媽的，這些話跟此時此刻的我對照起來，連我自己都覺得萬分可笑。反正，不管有沒有人相信，我都還是要說，我並沒有打算殺人。某種程度上，我還是膽小的吧，我想。

說了這麼多拉哩拉雜的，就要進入正題了喔，記者小姐。

有一天下午，我買了一些食物，帶去中途之家探望她，那時，她就快要臨盆了吧。她發現懷孕後，就被父母送到教會待產，那時我才知道，原來萬德教會還有中途之家和兒童之家這樣的功能。她住的地方是萬德教會在郊區的房產，雖然說是中途和兒童之家，但是早就沒人管理，只有一棟破爛陰暗的建築。

她還是一如往常，表情空洞死寂。

我還記得那天很冷，寒流吧，但她只穿了一件薄薄的，鵝黃色的長袖洋裝和一件白色的毛線背心。她肚子很明顯了。她從空蕩蕩的廚房裡倒了杯水給我，靜靜地聽我說著一些無聊的事。我問她一個人在這裡會不會不方便，也問她有沒有需要什麼東西，還問她會不會想念父母，但她始終都帶著空蕩蕩的微笑，搖頭。

傍晚時，我離開了。因爲很冷，我堅持不讓她走出屋外。

我是第一次到中途之家來，帶著好奇，我在圍牆內隨意走動，繞著房子走了一圈。仔細想想，那棟房子的建築樣式非常西式，就像是美國電影裡常出現的兩層樓洋房，而且眞的蓋成了尖尖的屋頂什麼的。房子很大，但年久失修，非常老舊陰暗，了無生氣。四周有水泥圍牆，前後都有寬闊的院子。圍牆外種植了很多樹。當時我在想，這裡在三、四十年前一定很美。

我在前院繞了一圈，走到了屋後，也就是後院的地方。後院比前院更大，有一架鞦韆。那時我才發現，有三個孩子正在後院玩耍。一名大約十

三、四歲的男孩，另一名十歲的男孩，最小的是一名七、八歲左右的女孩子。三個人全都蹲在地上，用蠟筆還是粉筆什麼的，畫著奇怪的圈圈。

因爲那裡是中途之家也是兒童之家，所以看到孩子一點也不覺得奇怪，只是沒想到原來這裡還有孩子。那時的我，什麼都沒多想。

孩子們看到我，和我目光相接，最年長的男孩露出了笑容。

他的眼睛有種說不出的奇怪感覺，但是又無法具體說出哪裡不對勁。

——你好，你就是徐智軒叔叔吧？

大概是她向孩子們提到我的吧，我這樣想著，於是直覺地回答了。

——是的。你們好。在玩什麼呢？

——嘻嘻，這是秘密。

臉蛋很可愛的小女孩說著。

但是我注意到了，他們在水泥地上塗鴉的圓圈並非毫無意義的亂畫，而是形成了某種特殊的排列組合。雖然形狀多少有點歪斜，但還是看得出來，那些符號和圓圈是有意義的。

——這是在幹什麼呢？看起來像是什麼祭壇的符號。

——叔叔眞聰明哪！這個很厲害喔，書上教的。

小女孩站起身，把攤在地上的一本書遞給我。

其實不算是書，很薄，像是說明書那樣的厚度。是本小冊子，大小只有手掌那樣。看起來陳舊古老，封面畫著山羊頭的撒旦。我那時心想，八成是教會裡解說惡魔的負面教材，接過之後很小心地翻了一下。內頁果然印著他們正在地上畫的那些圓圈。小冊子上所印的都是英文，但不知是誰用鉛筆在那頁寫著「詛咒那些讓我們痛苦的人」幾個字，歪歪邪邪的。我非常非常確定就是這幾個字喔，因爲即使到了現在，那本小冊子在我掌心的觸感依然清晰。

——接著，要等到二月二十九日。

年紀最大的男孩說。

——等到二月二十九日？

——是啊，二月二十九日。

——四年才一次呢。

——所以可以召喚出難得一見的，很厲害的力量喔。

那時我笑了。

——你們爲什麼需要難得一見、很厲害的力量？

三個孩子同時咧嘴笑了。

漆黑烏亮的眼珠注視著我，深深的深深的注視著我。

後來呢……後來到底發生什麼事我也不記得了。

我意識到的時候，已經身在距離中途之家有十分鐘腳程的公車站牌前了。到底他們說了什麼，我和那幾個孩子是如何道別，又是怎麼走到公車站的，說眞的我完完全全不記得了，一點印象都沒有。

記者小姐，開始覺得我說的話很沒有可信度了吧？呵呵。

腦裡似乎一片空白的我，坐上了回市區的公車，一路上搖搖晃晃地，我總覺得反胃想吐。說也奇怪，明明是去探望她的，但爲什麼回程時佔據了我全部心思的，卻是那三個孩子呢？我靠著車窗，嗅聞著從縫隙擠入的冷風和污濁空氣，一面想著這一切有什麼地方不對勁。

是怎樣的不對勁呢？奇怪了，好像沒辦法很明確地指出來。拚命去想，還是想不出到底讓我覺得無比怪異的是哪個部分。隨著公車停停靠靠，終於，和她說話的一段畫面在我腦中閃過。

——妳一個人在這裡住，不會無聊或者寂寞嗎？而且很不方便吧。

——並不會呢。這麼大的房子裡只有我一個人的確很冷清，但我完全不會感到害怕喔。不怕黑也不怕有壞人出現，一個人安安靜靜地活著，這樣很好。

記者小姐，妳聽到了吧？她說只有她一個人哪，一個人。

那麼，那些在後院玩耍的孩子呢？那三個孩子……

我在公車上猛地一驚，這才察覺到長褲後方的口袋裡好像塞了什麼東西。掏出來一看，是那本小冊子，封面畫有山羊頭的古老小冊子。奇怪了，這東西怎麼會在我手上呢？而且，有了這東西，就能證明那三個孩子確實存在，我們也真的曾經交談過，不是嗎？

總之，那時的我，抱著忐忑不安的心情，緊張地望向手中的小冊子。雖然是泛黃老舊的小本子，但在那時我卻感到一股莫名的寒冷。我想到了印象中那三個孩子漆黑的眼珠——是的，那三對眼睛也不太對勁啊！真的，那三對眼睛裡的瞳仁和瞳孔，完全是融合在一起的，只有一片純粹的黑色而已！

□

二月二十日

我在想，和Mike聯誼那晚見到的男人，和眼前這名男子究竟是不是同一人呢？

如果純粹以外貌來看，的確是同一人沒錯，畢竟無論如何那張臉都太過於閃耀奪目，令人無法忘懷。

從服裝上看來也是如此，品味高雅，但不致做作。那雙最令我印象深刻的黑玻璃眼眸也依舊深邃如黑夜，但眼前的男人……氣質，是的，是氣質！那氣質完全和上次見到的男子截然不同。如果說聯誼時見到的男人有著王子般的氣質，那麼，眼前這個跟他長得一模一樣的傢伙，擁有的則是標準痞子般令人不悅的氣質。不知道是不是反差太大，我實在不願意相信這是同一個人。

那晚悲傷到無以復加、令人心碎的眼神到哪裡去了？

爲什麼換來的是輕浮驕傲又嚴重自戀的神情？

我按下暫停鍵，毫不在乎形象地伸著懶腰。

小葉學姊也稍微活動了下筋骨，她轉頭看向斜倚在椅上，手上夾著未點菸的男人。後者身穿一件寬鬆柔軟的深色襯衫，領口敞開的部分可以隱約見到十字架項鍊的光芒。

「怎麼樣？」小葉學姊轉頭看看傳說中的大作家，「我們的才子聽到目前爲止有什麼感想？還想不想繼續聽下去呢？」

傳說中的鄭以薰揚起嘴角，「很不錯的開場，我，很有興趣。」他頓了頓，轉頭看向我，「小妹妹，妳不打算深入報導，要把這個故事讓給我嗎？」

「如果眞的是什麼詛咒搞的鬼，就算寫出來也刊不了吧？所以就奉送給傳說中的鄭老師好了。」我笑著，「如果到時出版了，我要索取簽名書喔。」

「好的。」鄭以薰別有深意地點點頭，「除了簽名之外，我還會再附贈神秘小禮物的。」

「神秘小禮物？你怎麼對怡賢特別好啊？提供消息我也有份啊。」小葉學姊抗議道。

「瑞盈小姐也想要神秘禮物嗎？好的，那麼待會兒兩位都把內衣尺寸告訴我吧。」

「咦？！」

我嚇了一跳，差點想用手護住胸部。雖然本來就沒預期鄭以薰老師會是那種很普通的平凡人，但他的言論也未免太怪異了一點。

學姊連忙打圓場，「學妹別理他，這傢伙表面上是風度翩翩的大作家，實際上是個冷笑話色魔，習慣就好。」

「冷笑話色魔？」鄭以薰臉色一沉，「我的名聲有這麼糟嗎？小妹妹，不要聽妳學姊胡說八道，我可是很正派的喔，絕對不是什麼趁著簽名會跟女書迷要電話，還是在網路上以作家身分騙書迷上床的那種人喔。」

我皺眉，「但是，我怎麼覺得以薰老師好像愈描愈黑了……嗯？」

鄭以薰，乍聽之下是個有點造作的名字，但不知爲何和他本人卻異常搭調。寫作經歷兩年，主要的作品大部分是驚悚恐怖小說，偶爾也會寫點推理味十足的作品，曾經有讀者認爲他的故事太過赤裸血腥，但這也正是他暢銷的原因之一。

雖然說是書迷，但我其實對於鄭以薰這個人了解不深。我早就過了那種爲了偶像瘋狂的年紀，雖然鄭以薰的小說摺口印著他的部落格網址，但我從來不曾上網瀏覽過。身爲一個書迷，我所做的也只有收集鄭以薰的所有作品而已。當小葉學姊告訴我，她口中那位「寫恐怖小說的朋友」就是「傳說中」的鄭以薰時，我還遲疑了好一陣子才相信。

當小葉學姊領著鄭以薰走進會議室時，我的心跳幾乎完全停止。

這不就是那天聯誼時見到的男人嗎？那麼美的臉龐，絕對不可能記錯的。

然而，光從眼神就可以清楚判斷，不，不對，他和他絕不是同一人——除非他演技一流，或者人格分裂，否則兩人的氣質怎麼會落差如此之大？！

鄭以薰本人帶著一種明顯的輕佻性格，好像非常善於利用自身外貌的優勢，到處向人（不分男女）頻送秋波，並且還樂在其中。由於鄭以薰小說裡的主角一貫是走細膩穩重有格調的路線（和那天晚上的他一樣），跟展現在我眼前那種輕浮的樣子落差太大，所以我才老是覺得有種被騙的感覺。

不過，再怎樣也不關我的事……而且，小說好看才是最重要的吧。我一面想著，一面覺得那對漂亮的眼睛也不過只是幌子而已。

「怡賢，怡賢？」學姊的聲音突然打斷了我的思緒。

我半帶茫然地回頭，「嗯？」

「在想什麼，這麼入神？」

「喔，沒什麼，胡思亂想罷了。對了，學姊，妳和鄭老師是怎麼認識的啊？」

小葉學姊微笑，「之前採訪過他，後來才知道他跟我們社長是好朋友呢。其實也好一陣子沒見了，但最近在出版社的茶會上碰見，又開始連絡。」

「拜瑞盈小姐的專訪所賜，提升了不少讀者對我的好感呢。」鄭以薰說道，「看樣子還是得找機會請瑞盈小姐去喝杯酒才對。瑞盈小姐知道安和路上的卡內基餐廳嗎？晚上去很有氣氛呢，而且樓上就有飯店可以……」

「唔？」學姊和我不約而同地睜大了眼。這是性邀約對吧？！

鄭以薰咳了幾聲，「我的意思是，就算喝醉了也不用擔心的意思，眞的。」

學姊嘆了口氣，「你眞的是愈描愈黑了。」

「原來以薰老師喜歡的是學姊這型的。」

「什麼？怎麼可能。」小葉學姊倒是先否認了。

「瑞盈小姐應該有男友了吧？看來我只能報名當備胎了。」

「鄭以薰、蘇怡賢，你們不是第一次見面嗎？怎麼默契已經好到可以一搭一唱了啊？」學姊無奈一笑，但我卻覺得那笑容裡隱藏著些什麼。

突然想起同事之間有人說過學姊的八卦，有同事說學姊的專長是當人家小三，交往的對象幾乎都是有婦之夫。當然，這樣的謠言是沒有證據的，因此我也從來就沒把這件事當眞。但不知爲何，這時的我卻想到了同事們談笑時的話題。

「不知道爲什麼，我跟異性都有很好的默契……」鄭以薰露出了無可奈何的表情，攤手，「我也是千百個不願意啊。」

破滅。眞的是完全破滅。原來我心目中超強的恐怖小說天王，本人竟然這麼愛耍冷，那天晚上我見到的鄭以薰到底去哪裡了？！他筆下的角色明明都是穩重又理智的冷酷派型男，但本人爲什麼是個奇怪的自戀狂呢？是寫作寫到人格分裂了？

……以後還是戒掉看恐怖小說的習慣好了。

□

記者小姐，說到這裡，妳一定覺得我瘋了吧？

是啊，我也曾經想過，自己到底是不是瘋子呢？被法官判了在這裡接受治療，想必我在眾人的眼裡是萬分瘋狂的吧？

到底爲什麼我會這麼說呢？聽我接著說下去，妳就會慢慢明白的。

那天回家之後，我隨手把口袋裡的小冊子扔在茶几上。沖了個熱水澡之後，我打開電腦，上網收信，總之，是個再普通不過的夜晚了。不知道什麼時候開始，窗外下起了雨，冬天的雨就是那樣，不大，但老覺得下個沒完。我已經不記得那天晚上是幾點上床睡覺的，只記得我做了一個夢。

雖然是夢，但在夢裡的我卻很清醒，清楚知道自己在夢中，甚至耳邊還聽得到連綿不絕的雨聲。在夢裡，我一個人走向萬德教會，不知道爲什麼，走得很急，還有點喘，後來乾脆用跑的。當我到達教會時，發現教會的大門緊緊閉著，被鎖上了，於是，我繞到了後門，但後門卻是開啓著的。那個夢我記得非常清楚喔，眞的很清楚，接著，在夢裡的我進入了教會後門，才走沒幾步，就被眼前的景象嚇傻了。走廊上和樓梯間全都是血，有人倒臥在血泊中。

然後，我往前走。

血海。

那些人個個瞪大驚恐萬分的眼，血絲爬滿了他們的眼球，到底他們看見了什麼呢？我不知道。那麼我又看見了什麼呢？教會裡像是被鮮紅色油漆潑灑過似的，就連被倒掛的十字架上也有鮮血不停往下滴落，斷掉的手腳、被剖開的軀幹……還有，在倒十字架下方，好幾顆排成一列的人頭……

然後就像被按下了某種開關似的，夢醒了。

我從床上坐起，想要大口呼吸，大口喘氣，但嘴卻緊緊閉著，彷彿怕自己會大聲叫喊。說起來也不過就是場夢罷了，但當時的我卻從心裡泛起一股難以言喻的寒意。坐在漆黑的房裡，我背後直冒冷汗。夢醒之後，我的意識愈來愈清楚，就在我試著要靜下心來，重新躺回床上的那段時間，我感覺到，房間裡並不只有我一個人。

在黑暗的房間一角，有某個東西正看著我。

我感覺到，某種東西在注視著我。我想知道那是什麼，它又有什麼來意。

恐懼？是啊，理論上是應該要恐懼、要害怕、要嚇得不得了才對吧？但是我並沒有喔。這個嘛，我也不知道呢。總之，我呢，伸手打開了床頭檯燈。

結果就像電影似的，打開燈後什麼也沒有，小小的房間裡就我一個人，一張單人床。我看看四周，突然變得膽小起來——不，不對，應該說是，回到我原本的個性。我覺得很不舒服，毛毛的，知道自己應該入睡，但卻處於亢奮的狀況。後來我坐了一會兒，決定看看書，累了自然就睡著，於是，我伸手，想要從床頭櫃上拿一本買了很久、又難看又無聊的小說來助眠。

那本書在我床頭很久了，久到我一摸，就知道是不是它。呵呵，記者小姐，妳的反應果然很快，說得沒錯！我伸手所碰到的並不是那本每次一翻就能睡著的小說，而是另一種紙質。我整個人側過身，轉頭看著床頭櫃。

是那本小冊子。

中途之家那群孩子們的小冊子。

第2話

二月二十二日

電腦螢幕上的數位時鐘宣告著已經過了七點半，我揉揉眉心，把早已冷掉的咖啡一飲而盡。我有個小怪癖——特別喜歡沉澱在杯底的糖分。要離開時，我注意到女魔頭的辦公室仍透出燈光。唉，千萬不要像她一樣當個超級女強人，然後因此而免費贈送給老公可以陪小三的機會與時間。

關於女魔頭婚姻失敗的謠言有很多，多到讓我根本分不太清楚，哪些比較有可信度，哪些只是某些被女魔頭「霸凌」過的同事，無中生有想出來的惡毒故事。不過，可以確定的是，女魔頭的老公是某大學傳播系的教授，「好像」跟以前教過的學生有曖昧。這件事之所以鬧得全報社的人都知道，是因爲某天女魔頭跟老公在電話裡大吵起來，當時女魔頭的助理，一個名叫珍珍的蠢貨「不小心」按下了擴音，讓大家聽到了精彩內容。當然，第二天珍珍小姐馬上就收到當月的薪水，以及一封通知她走人的離職信。

很多人都對女魔頭的婚姻危機津津樂道，完全當作八點檔來看，這一切只能說女魔頭太沒人緣。手腕強悍的主管一旦出了什麼差錯，以前被教訓過的下屬幾乎人人都逮到機會就想鼓掌喝采，這個定理不管套在女魔頭還是別人頭上，大概都差不多吧。

走出報社之後，我開始盤算著要到哪裡填飽肚子，正當我在寒風中猶豫時，突然有人從身後叫住了我。

「學姊，是妳啊。」我朝學姊微笑，「我還以爲妳已經下班回家了呢。」

小葉學姊搖搖頭，難得地顯出疲態，「剛剛才把稿子跟照片交出去，累死了。」

「要不要一起吃飯？」

「不用了，」學姊努力地揚起笑，但更顯疲倦，「我約了人，只是跟妳打聲招呼而已，先走囉。」

「學姊再見。」

我目送著學姊的背影，總覺得學姊今天看起來和平常完全不同，臉上的神情不但包含著疲倦，也隱約透露出不愉快的心情。只要是人都會有情緒，學姊當然也不例外吧。

獨自漫步在信義路上的我，漫無目的地亂走著，不知不覺，在一家巷弄裡的咖啡店前停下。看看門牌，沒想到自己已經走到永康街裡，不過也好，這裡畢竟是個覓食的好地方啊。

眼前的咖啡店在門口擺了白色壓克力製造的立式招牌，上面簡單地印著「日昇山坡」四個字。既沒有寫著「咖啡」也沒有寫其他字樣，但不知道為何，我就是打從心裡認定，這必然是一家咖啡店。「日昇山坡」和其他附近的咖啡店差不多，都有一塊完全算不上寬敞的小前院，一條碎石通道筆直地通往玻璃店門，前院並沒有擺放讓吸菸客人使用的桌椅，反而擺了許多空心磚作為基地，靠近屋簷下的空心磚擺放了六組疊放的貓屋，一旁還有貓用食器、水碗。

看起來不甚優雅但卻充滿生活感的前院，讓我決定走進店裡。

但是當我推開門的瞬間，心情卻立刻變得複雜起來。

半透明的玻璃門後就是吧台，任何走進店裡的客人，勢必會和吧台裡的工作人員四目交接，當然此時也不例外。

對方先是愣了一下，接著隨即拋出一副媚惑的微笑，「這不是可愛的蘇怡賢小妹妹嗎？」

很好，鄭以薰老師，你把我對你僅存的一丁點尊敬也完全摧毀了。那是什麼變態的表情啊？也未免太噁心了。還有，什麼叫蘇怡賢小妹妹？本姑娘今年又不是只有五歲。

「……你好。」即使心裡吶喊個不停，但我還是勉強擠出笑容，打了聲招呼，「以薰老師怎麼會在這裡呢？」

「喔，這是我的店啊。」鄭以薰停下了擦拭杯具的動作，推開活動門，拿起菜單，以另一種比較沒那麼惹人厭的笑容說道：「我來帶位。坐吧台怎麼樣？這樣就可以一起聊天了，嗯？」

但是我一點都不想跟你聊天。

然而說出口的卻是，「好啊，那就坐吧台。」

「喔呵呵呵，這可是特別席喔。」

「特別席？」

「美少女們爲了搶這個位置，常常打架呢……」鄭以薰一手托腮，裝模作樣，「唉啊，都怪我不好，是我讓她們變成這樣的。但，這麼有魅力，倒也不是我的錯啊。小妹妹，妳說對嗎？」

前面那一大串過度自戀的廢話我決定裝作沒聽到。「那個……我年紀其實不小了，叫我小妹妹好像有點……」

鄭以薰了然地點點頭，「我知道了，那以後就改口吧——怡賢妹妹。」

「怡——」我的拳頭在吧台下緊緊握住的同時，心裡湧上了一股要自己冷靜的聲音。「算了，你高興就好。」

「對了，萬德教會案之後還有在追嗎？那天因爲有事，沒來得及聽完錄音，我覺得好可惜呢。」

「你走了之後，學姊把錄音筆借走了，好像一個人聽完了。至於我嘛，現在也不知道該不該再繼續追查萬德教會的案子。再怎麼說，光憑瘋掉的犯人自白就去調查，實在是很怪異。就算寫出來也被刊登，讀起來說不定也只像是無聊的獵奇報導而已。」

鄭以薰點點頭，「如果處理得不好，確實會這樣。妳說瑞盈小姐把錄音內容聽完了？」

「好像是這樣吧，第二天她還問了我一些錄音裡講到的細節。像是犯人說的小冊子、公羊獻祭什麼的。」

「後面的錄音還談到了公羊獻祭啊……沒聽到真是可惜。」

「如果以薰老師需要的話，我可以把檔案拷給你。」

「太好了，眞是幫了我大忙。」鄭以薰揚起笑容，「那天沒聽到完眞的覺得好可惜好可惜，多虧妳幫忙，怡賢妹妹。」

可惡，忽然又不是很想拷給這傢伙了。

空有一個好名字一張好臉蛋但不論言談舉止都令人不悅的型男作家將一台明明就叫作Air但卻重得要死的筆電放在我面前，親切地請我幫他把錄音筆裡的檔案拷貝到他的筆電中。

雖然說把消息免費奉送不是什麼大不了的事，而且對方還是我「以前」很欣賞的恐怖小說作家（自從上次見面後我已經完全喪失了對該作家的敬意與好感），但無論怎樣，此刻的心情就是覺得有點不愉快。

「……對了，這家店開多久了？」我接過咖啡，好奇問道。

「大概兩年多吧。」鄭以薰拿著銅壺，看起來倒是有點像某執事動漫裡的主角。

「好像開咖啡店是很多作家的夢想哦。」

「妳不覺得很棒嗎？在舒適的店裡，一面聞著咖啡香，一面寧靜地寫故事，很浪漫哪。」

「如果是寫愛情小說，那就很適合。」

「妳的意思是，寫恐怖小說的作家就應該躲在烏漆媽黑的房間裡自己嚇自己囉？」

「這倒不是，但總覺得在浪漫的窗邊，一面聞著咖啡香所寫出來的全都是血腥驚悚的故事，覺得不太協調罷了。」

「在窗邊寫作是一定要的，這樣才符合廣大書迷對我的幻想。」

拜託，那也只是「幻想」而已。

鄭以薰想起什麼似的補充道：「重點是，有開咖啡店的作家比較能夠把到妹。對吧？」

「……」咖啡差點沒從我的鼻孔噴出來。

太好了，現在已經超越了零分，開始往負數趨近了。

我決定裝作沒聽到。

我環顧店內，這裡桌椅不多，奇怪的是全都擺上了四人桌，沒有更多人的座位，也沒有少於四個人的位置，至於吧台前也只有四張高腳椅而已；而且其中一張還被一隻灰藍色的貓佔據。

鄭以薰注意到我的視線，於是主動介紹，「這是維克多．雨果（Victor-Marie Hugo）。」

「傳說中的法國文豪？」

「沒錯。」

「……這麼說起來以薰老師是愛貓人士，就連外面都有貓屋呢。」

「反正提供浪貓一個休息暫避的居所也花不了多少錢。」

「浪貓？是流浪貓的簡稱？」

鄭以薰側頭想了想，「是愛稱。日本不是有浪人嗎？我覺得附近的野貓也很有那種獨行俠的氣勢，所以就統稱牠們爲浪貓。」

這時，另一隻灰藍色的貓咪不知從何處出現，咪嗚一聲地跳到了吧台上，用尾巴將菜單掃到一旁，自顧自地窩好，準備入睡。

「這是亞歷山大・仲馬（Alexandre Dumas），胖胖的很可愛吧。」

「原來是傳說中的大仲馬。不過好像不理人呢……喔，檔案拷貝好了，筆電還你。」

「謝謝。怡賢妹妹，還沒吃晚飯吧？要不要來點熱三明治？正統的唷。」

「……不用了，我還有稿子要寫，還是早點回家好了。」去你的怡賢妹妹！

鄭以薰露出失望的神色，誇張地攤攤手，「本來想和怡賢妹妹一起吃著美味的三明治，一起聽故事呢！」

這個不是床邊故事好嗎？

「不用客氣了啦。」

「不過，廚房已經烤好三明治了唷。」

他一面說著，一面打開通往廚房的小窗口，木製的送餐窗一打開，就聞到現烤麵包和起司的香味。

我的胃因此不爭氣地決定留下。

□

我想了很久。

眞的很久很久，有十分鐘那麼久吧。對於一個平常根本不太思考的人來說，十分鐘的思考幾乎是不得了的長時間了。

但不管我再怎麼想，還是不明白，爲什麼這本小冊子會在床頭櫃上。是的，我的確將它帶回家了，但卻只是隨手扔在客廳。爲什麼小冊子會出現在我房裡？我眞的想了很久，後來勉強得到一個不算結論的結論：我一定是不小心，不小心將它拿進房了。而這一切恰好只是本能的動作，就像起床刷牙那樣自然，因此我毫無自覺。

記者小姐妳懂吧？如果不這麼想，就會沒完沒了啊。是啊，反正只要一個看似合理的解釋當作幌子，很多事都可以就這樣視而不見，假裝一點異常都沒有，繼續生活。

總之，我再也睡不著了。於是，就把那本小冊子拿起來翻翻看。上面也沒寫什麼特殊的內容。第一頁有三個用鉛筆寫上的人名，我想就是那三個孩子吧。第二頁上印著英文，還有一些圖騰，接著看下去，發現每頁都有一個圖騰還是符號，在最後一頁結合成那些孩子們在地上畫的那個複雜圓圈。最後一頁就寫著那句讓我印象很深刻的話：「詛咒那些讓我們痛苦的人」。

那是一本僅僅十幾頁的小冊子，我一下就翻完，隨手丟在床邊，重新找了別本書來看，第一個有點怪異的夜晚就這樣過去了。

之後的每一天、每一晚，我像是上癮似的，在入睡前一定要拿出那本畫有山羊頭的小冊子來翻一翻。其實明明就不知道那些英文是怎麼回事，也不知道冊子裡印的符號是怎麼回事，但我就是非得把它全翻過一遍不可。我不知道自己怎麼了，不知道。

那個星期天下午，我到了教會。

和傳道人稍微聊了一下，但對話很快就被另一對夫婦打斷。無聊的我在教會內晃來晃去，無意間在樓梯下聽到了那幾個不良少年的對話。是的，就是那五個下流骯髒的人渣。他們正在分享一些藥物，其中一個人帶來的。

——那些藥只要加在飲料裡，無色無味，溶解快速。

——這樣的話，下次去夜店找幾個辣妹試試看吧！

——夜店咖很多都是破麻了，還是像上次那樣的處女最好，多棒啊！

——對啊，還是處女好，乾乾淨淨，上了沒病！

——上次讓你佔了便宜，第一個上，這次該換我了吧？

——哼，哪有那麼多好康，最好處女那麼多啦。而且說不定會被告喔，上次是我們運氣好。

——這次也一樣啊，一樣找同個教會的女生不就好了？我看到有個念國中的女生不錯耶，雖然發育不是很好，但是這麼幼齒的哪裡找啊？

——國中生？哇，那要趁她穿制服的時候搞，這樣才有Feel！

等我意識到的時候，已經和其中幾人扭打成一團。

我終於知道，什麼叫作「拳頭如雨點般落下」。猛然一記，我感覺到腥熱的液體從臉上流進嘴裡，那時有人拉住了我，接著聽到那群該死的傢伙大喊著被打了，說我打人。是啊，我是打人，我恨不得把這票人全給宰了！該死的東西，這群垃圾！害了她還不夠嗎？竟然惡劣可恨到這種地步！

牧師和其他人把我從那群敗類身邊拉開，他們惡人先告狀，說我沒來由地攻擊他們，其中一人還指著地上的白色粉末說，是我帶來的。後來大家都語帶責備地教訓我，說他們正在努力地改過自新，應當要給他們機會，讓他們向神懺悔，服事神來贖罪。

——我們要寬恕，要憎恨罪，而不是憎恨人。他們本質並不壞喔，只是誤入歧途而已。現在他們不是都來神前懺悔了嗎？那就是還有救啊，只要向上帝承認了罪過，他們就可以獲得救贖。

看著傳道人的臉，我在心裡冷笑著，一句話都沒說。

被他們強暴後懷孕的可憐女孩，還有未出生的孩子，那麼他們的命運又是怎麼一回事呢？活該嗎？聖經上不也說過以牙還牙以眼還眼嗎？

回到家之後，我在浴室裡清洗傷口。

其中一個人渣的戒指在我眉上留下了很大一道傷口，周圍似乎有點發炎的癥狀。我打開水龍頭，默默地聽著水聲，看著鏡子裡充滿血污與傷痕的臉，自嘲地說：啊，原來我才是壞人啊。

那些該死的東西！

所以，記者小姐，之後我所做的事妳不難理解吧？爲什麼我會姑且一試，畫出那本冊子上的圖騰，妳絕對可以理解的，是嗎？

……呼啊……啊……總而言之，那天晚上，我和往常一樣又拿出小冊子時，終於……終於不再只是看了。我按照小冊子上的步驟，在家裡的客廳畫出了圓圈，並且如圖所示的，在圓圈正中用食指的鮮血畫上了倒五芒星。後來我才知道，那叫作阿斯特洛斯的圓，阿斯特洛斯（Astaroth）是什麼知道嗎？是傳說中最恐怖的惡魔，哈哈哈哈！說眞的，畫好圓圈之後我只覺得自己無比幼稚和愚蠢。是眞的，無比的愚蠢哪，我到底以爲自己在做什麼呢？是在詛咒那群人渣嗎？詛咒這種東西，是那些無知迷信的笨蛋才會做的事吧？只有那些沒有辦法憑藉自己力量去報仇的人才會選擇的方法，說穿了那也只是一種發洩，只能帶給自己一丁點的安慰——就像沒辦法對付惡勢力時，我們假裝會有報應，會有老天爺來懲罰壞人一樣——

然而那時的我，竟然已經悲哀到做出這種事來。可笑啊。我不停地嘲笑自己，看著地上的圓圈，覺得不可置信。我這和跑去廟宇找神棍幫忙打小人的無知歐巴桑有什麼不同呢？全都是可憐的、在現實中無能爲力的人罷了。

第二天，我醒來時已經過了上班時間，我沒來得及思考，就匆匆出門上班。再怎麼樣我也還算是個正常人，普通人，還是會爲了微薄的薪水拚死拚活。到了公司之後，我打開電腦，才意識到那一天是星期五。週五晚上，有女朋友的同事們幾乎都在盤算著要去哪裡玩，像我這樣單身的人，覺得苦悶是正常的。平時的我在星期五總是會感到特別強烈的孤寂感，但是那天沒有。

我的心情幾乎整天都是愉悅的，那是一種非常快樂的感覺，就好比從此之後的人生都會無限光明，再也沒有痛苦或是讓人失望的事似的。我沒去多想歡樂心情的來由，只是沉浸其中，感覺自己像是在雲端飛翔似的。那一整天，每個同事看起來都和藹可親，就連平常覺得討厭又噁心的客戶，看起來也像變了個人似的。懷著這樣的心情，我愉快地工作直至下班。

下班之後，我離開公司，不知不覺地搭上了往萬德教會的公車。雖然不知道自己為什麼要前往那裡，但是心裡卻有股力量正催促著我。星期五晚上，教會並沒有什麼特別活動，因此我也不預期會見到些什麼人，但是當我抵達教會時，才發現情況有些不對勁。

當我伸手觸碰到門把時，一股濕熱的感覺從掌心傳來。我當然本能地縮回手，檢視著自己的手掌。手掌上沾著紅色的液體，是血。是鮮血、有溫度的鮮血呢。雖然這樣想著，但卻一點也不緊張不害怕。其實，那時的我根本就不是自己了吧……我推開教堂大門，首先映入眼中的是被倒掛的十字架。

這是怎麼回事呢？

不就和我夢中所見的一模一樣嗎？

我站在原地注視著昏暗的教堂以及倒十字，鼻腔裡充滿了血的氣息。四周一片寂靜，沒有人呻吟、哭喊、呼救，異常安靜，只有我的皮鞋踩在血泊中發出的滋滋聲響。我一步步往前，然後看到了一截女人的斷腿。即使是像我這樣的笨蛋，也看得出那並不是被利刃砍斷的，肌肉被撕裂，小腿骨的斷面也非常不完整，腳上還掛著一隻沾滿血污的淺綠色高跟鞋。接著是男人的右手掌，看起來像是中年男人的手，無名指戴著碩大的藍寶石戒指，指甲已碎裂，小指也不知到哪裡去了。就這樣，每往前一步，就能看到更多屍塊，軀幹中的內臟和腸子流滿一地，踩上去時還會發出細微吱呀聲。最後，在倒十字下方，排列著五顆人頭。他們瞪大眼睛，這讓我十分好奇，他們到底看到了什麼呢，爲何露出如此驚恐的表情？我到現在還是無法忘記，那天的景象……他們的表情結合了恐懼、驚訝、痛苦和無奈，臉部五官扭曲，紫黑色的血塊滿佈臉上。當我屏住氣息，靠近一看時才發現，原來他們並不是瞪大了眼睛，而是被撕去了眼皮。原本該是鼻子的部分，軟骨也消失了，剩下空蕩的血洞。有顆人頭的眼珠已消失，在眼部的地方好幾尾蜈蚣正亂竄著；另一顆頭顱裂成兩半，橫裂開來，鼻子以下和鼻子以上是分開的，血的臭味飄散在空中，彷彿從我皮膚的毛孔滲透進入，一點一滴地鑽進我的身體裡。

我呆立原地，不知所措。

接著，一道道細長的黑影似乎在牆上蠕動。我艱難地轉頭，看見無數顏色深得發亮的長蛇從挑高的屋頂上沿著牆面爬下，許多張長椅上已經爬滿了跟我手臂一樣粗的大蛇。蛇吐著舌，鱗片閃著一種令人害怕的亮光，牠們的頭時高時低，圓黑的眼珠讓我想起那天的三個孩子。忽然間我終於發出叫喊聲，我終於意識到發生了什麼事，於是開始瘋狂大叫，我轉身想跑，但一跨步卻因濕滑的鮮血而跌跤，我想撐起身體，卻無意中按壓到某位女性一分為二，像是開心果一樣張著開口的柔軟腦部。

那樣的觸感讓我立刻縮回了手，狂嘔起來。

……其實我，我根本不知道發生了什麼事。警方來的時候，我一個人呆呆坐在低矮的台階上。那五名少年和其他人的死狀在我的腦海裡糊成一片鮮豔的猩紅。我想用衣袖擦擦嘔吐過的嘴，但衣上卻沾滿了跌倒時沾染到的鮮血。

我就這樣，坐在那裡，吹著寒風，看著警車和救護車閃著燈慢慢出現在我眼前。

記者小姐，之後的事妳都知道了吧？

反正警方就認定是我幹的，我一直沒有否認。至於沒有否認的理由……是因爲，那個圓圈，阿斯特洛斯的圓圈，的的確確是我親手所畫的。即使我沒有親手殺害那些人，但也算是間接吧。但大家都不相信我的話，認爲我腦袋有問題呢。

我承認在家裡畫下那個圓圈時，自己一定處於愚蠢而瘋狂的狀態。

爲什麼我這麼相信是那個圓圈造成的呢？因爲我一面畫著它，一面想著要讓那五名少年慘死，而我的意念被實踐了，不是嗎？只有那五人的頭被放在倒十字架下，其他人僅僅是被撕碎而已。當然，也許妳會覺得奇怪，爲什麼那股力量連其他人也不放過。

我告訴妳記者小姐，我，也恨那些僞善的傢伙，也曾在心裡不下千次朝他們吶喊著去死吧。就連那個女孩的父母也包含在內……是這群高喊著寬恕和原諒的人放縱那些罪人，他們本身就該爲被害者負起責任。如果不是這群傢伙保護那些惡劣該死的人渣，他們也就不至於敢肆無忌憚地計劃再次犯行。

我不懂，爲什麼要原諒本質上充滿邪罪的人。

當那些置身事外的傢伙站在高處表現自己寬容的心胸時，他們到底把被害者的痛苦當作什麼了？把一起悲慘的事件當作自己可以表現高雅人格的絕佳時機，對吧？

我恨這些放縱、助長犯罪的僞善者。

他們跟犯案的傢伙沒有兩樣，不，甚至更惡毒，因爲他們利用別人的不幸和罪惡來突顯自己的高尚和純潔。

我，很高興，詛咒並沒有遺漏了他們。

□

雖然是第二次聽，但受到的震撼並沒有因此減少。徐智軒先生的聲音在此時此刻聽起來比最初訪問時更帶有複雜的情緒。

我拿起杯子，卻發現咖啡已冷，鄭以薰注意到我的動作，讓服務生爲我換上一杯。我習慣性地用自動鉛筆輕輕敲打著桌面，一面等著心情恢復平靜，一面等著大作家發表高見。

鄭以薰低低地說道：「……某種程度上，這位徐先生所說的……我能理解。」

「理解？」

「其實，就在前幾天，我也拜託朋友幫忙調查萬德教會案。姑且不論徐先生所說的是否完全屬實，至少從我獲得資訊來看，可以肯定一件事——這件案子因爲過於轟動，因而有沉重的破案壓力，所以根本是草草結案。」

「草草結案的意思是，很多疑點都沒有澄清就勉強宣告破案囉？」

「沒錯。我想主要也是因爲這位受訪的徐先生並沒有特別主張自己是無罪的，所以檢警雙方才會就這樣順理成章將他當作嫌犯處理。其實這件案子真的有太多不合理的地方，就好比說屍體被肢解的部分。我透過關係看過了現場的照片，那屍體根本不是用任何刀啊斧啊劍啊東西弄出來的。就像我們再怎麼笨也看得出用手撕下的雞腿和用刀斬下的雞腿切口會完全不同一樣。再外行的人也看得出來，兇器的問題絕對是第一個關鍵。」

我托著腮，「我是沒看過屍體的照片，不過，如果沒有使用任何工具，那又要如何把人的身體弄成那樣的碎片呢？從雞身上撕下雞腿這種力氣大家都有，可是要把活人的手臂從人體上撕下，那怎麼想都是無法理解的，是做不到的吧？」

「我曾經和提供照片的朋友討論過，如果用繩索加上當作支點的機械齒輪說不定可以將人的四肢這樣撕裂開來。以前古代不也有車裂之刑嗎？就是把犯人的四肢綁在馬上，讓馬往不同的方向狂奔，藉以把人撕裂的辦法。」

「就是所謂的五馬分屍……」

鄭以薰點點頭，「沒錯。」

「那麼這個推論成立了嗎？」

「無法成立。因爲不管是齒輪還是機關，都必須配合某種東西將被害者的四肢分別固定住，不管是布條、繩索還是鐵鏈，在這些屍體上完全找不到被固定過、綁過的痕跡。另外驗屍報告裡也指出，在所有被害者的胃裡和血液裡都沒有被下藥的跡象。怡賢妹妹，妳知道這意味著什麼嗎？」

我不禁感到一陣噁心和害怕，「……意思是，他們是在完全清醒的情況下被害的。」

鄭以薰嘆了口氣，「即使是炸彈，也不可能將人炸成那樣，但是建築物的室內卻完好無損。」

「炸彈——說不定是在別的地方被炸成碎塊後才被移到教堂裡的啊。」

「但是以現場的血量來看，那裡應該就是案發的第一現場沒錯。而且，要同時移動那麼多具屍體，幾乎是不可能的事。」鄭以薰頓了一頓，接著說道：「而且屍體除了撕裂傷之外，並沒有其他傷痕存在。若是炸彈，理應有燒焦、灼傷的痕跡，如果是氣體爆炸，那更會有轟然巨響，被害者的骨骼也可能因爲爆炸的威力而粉碎或變形，但這些情況都不存在。」

「不存在……也就是說，再怎麼看，這些被害者……全都是被活活撕開的？啊！我想到了！野獸呢？會不會是什麼猛獸造成的？如果是野生動物，那就很有可能把人給撕成碎片！」

「那妳要怎麼解釋擺在倒十字架下的五個人頭？黑熊還是獅子向人類炫耀自然力量的手法嗎？」鄭以薰輕笑。

我在心裡狂比中指。

鄭以薰續道：「而且，猛獸是哪裡來的，案發之後牠們又去了哪裡？屍體上別說咬痕齒痕，就連小貓的爪痕都沒看到。」

「……這麼說來，不就正如同那位徐先生所說的，是由於詛咒和惡魔的緣故了？」

「怡賢妹妹一開始不也這麼想的嗎？」鄭以薰似笑非笑地說道，這表情眞是太欠揍了。

「雖然我是這麼想沒錯，不過不知道爲什麼，現在的心情倒有點矛盾，好像變得不太能接受這種結論……」

我的個性是不是太討厭了一點？

明明一開始是我先覺得「果然是超自然案件」的啊。

不，我只是在求證，總不能還沒有排除各種可能，就呆頭呆腦地認定是超自然力量啊。

「不過多做一些其他設想也是有好處的。要是一頭熱地認爲這是什麼神怪力量所致，最後就被科學證據推翻，那也未免太丟臉了。」

這人是看破我的想法，才這麼說的吧？奸詐。

「活體切割、嚴重毀損……這些都是對被害者有恨意的表現。」我思考著，喃喃自語，「如果不是徐智軒，會有誰對萬德教會的人充滿恨意呢？不會是被強暴的女孩的家屬吧？他們也是虔誠的信徒，而且也死在現場……如果要以動機論的話，究竟會有誰呢？」

鄭以薰想了想，「妳不覺得我們遺漏了一個最關鍵的人物嗎？」

「那個——那個被強暴而懷孕的女孩！」

「沒錯。案發至今四年了，可是所有資料裡都沒有關於那個女孩的任何紀錄，這不是太奇怪了嗎？我們所知道的只有案發時她正在待產，那麼事件之後呢？她在哪裡，她生下的孩子又在哪裡？萬德教會的中途之家到底是誰在管理？還有，那三個在中途之家出現的孩子……」鄭以薰笑得高深莫測，

「這部分也很有趣，不是嗎？」

「話是這麼說沒錯，不過，說不定那女孩和小孩之所以沒有消息，是因爲早就被社會福利機構安排妥當了。這也是很有可能的。」

「沒有紀錄。我所看到的資料裡完全沒有關於那女孩的事。妳應該也知道，她的父母同樣是案件的受害者，怎麼可能沒有警方連絡她呢？而且被特別切下頭顱的五名少年和她有著那樣的關連，警方難道完全不打算盤問她一些相關訊息嗎？我認爲，中途之家那部分很有問題。再說，萬德教會等於完全被毀滅了，那麼中途之家是由誰接手，這個問題也沒有答案呢。」

「是這樣說沒錯……這個要查應該很容易，我來負責好了。」

「這樣不會擔誤怡賢妹妹正常工作的時間嗎？」這傢伙的笑容一點都不眞誠。

我聳聳肩，「還好。反正我也很想知道那個女孩的下落。幸好只隔了四年不是四十年，應該不會太麻煩。」

鄭以薰喝了口咖啡，「如果這部分也能釐清的話，那麼我就可以馬上開始動筆了。」

「決定要以萬德教會案爲題材了嗎？我倒是想知道，以薰老師認爲眞正的犯人到底是誰。」

鄭以薰微笑著，「既然是寫恐怖小說，那麼當然會以詛咒爲重點。對吧？」

「這麼說也是呢。」

這時，一隻身形微胖，同樣有著灰藍色被毛，以及圓形臉龐的貓兒輕快地躍到我面前，牠對已經空了的咖啡杯很有興趣地嗅了一下，喵嗚一聲，以漂亮的姿態坐下，就像要加入對話似的。

「這是我們家三男埃米爾．左拉（Émile Zola）。」

「……這根本是法國文豪大集合嘛。」

「是的，老大維克多、老二亞歷、老三埃米爾——妳不覺得既然是來自法國的卡爾特貓，替牠們取個法國名字，也比較適合嗎？」說著，貓老大維克多先生忽然跳上了他的肩膀極爲同意地喵了一聲。

「好好，我知道了，雖然都是不親切的名字，但又不是我的貓……你高興就好。」

反正我再也不會見到這傢伙或者這群貓了吧。

在通訊科技這麼發達的時代，多的是方法可以連絡。

不知道爲什麼，我總覺得一點都不想再見到這位先生了。

第3話

二月二十九日

這天一進辦公室，就看到檯燈上貼著便利貼。

我順手撕下，將筆電從包包中打開，一面看著上面草草留下的鉛筆字跡。不知道是哪位同事替我接的電話，只留了對方的手機，卻沒記下姓名。

我從手機裡查詢那個號碼，才知道那是在徵信社上班的國中同學。

「喂，我是蘇怡賢，請問是陳曼倫嗎？」

「喔唷，這麼快就回電了，大美人，我還以爲妳要過中午才進公司呢。」

曼倫還是一樣嗲聲嗲氣，聲音硬是要比別人高八度。

光聽聲音就能想像得出來，她一定是一肩夾著手機，雙手正忙著搽指甲油還是修指甲的景象。

「過中午才上班？哪有那麼好命。妳找我什麼事？」

「妳不是要我調查四年前萬德教會裡的一個女孩子嗎？那個名字叫作程芳雨的女孩？」

「這麼快就查到了？」

「也算，也不算。」

「什麼意思？」

「就跟妳提供的資料一樣，在四年前萬德教會慘案發生前，她的確一個人住在萬德教會名下的中途之家，但是，等案發之後，警方趕往中途之家時，已經找不到她了。」

「然後呢？」

「從那時開始，程芳雨就下落不明。」曼倫說道，「我查過當時她父母喪禮舉辦時的資料，程芳雨完全沒有出現，而且親戚們當時也在找她，可是卻沒有人知道她的下落。學校方面也查過了，她休學之後就再也沒有跟任何同學連絡過。」

「休學？是什麼時候休學的？」

「大概是案發前幾個月。因爲是父母親自來學校辦理，說是她身體不好要在家休養什麼的，沒有可疑之處，所以學校方面也就很輕易同意了。」

我想了想，「對了，關於中途之家……警方那邊的紀錄……」

「怎麼了嗎？」

「中途之家裡，只有程芳雨一個人嗎？沒有其他人了？管理者、其他被收容的人、老人或是小孩什麼的？」

「哈，妳想太多了，說是說中途之家，但那裡根本就只是佔地很廣的廢墟罷了。喂，說到這個，其實，好像也不太確定程芳雨是何時離開那裡的。說不定早在案件發生前就悄悄跑掉了呢。」

「爲什麼會這樣想呢？」

「因爲從當時的照片看起來，那個地方已經有一陣子沒人住了喔。」

「這樣啊……」我指尖轉著鉛筆，「對了，關於中途之家的事可以再幫我查查嗎？任何有關的事都可以。」

「就連土地取得的過程也要嗎？」

「呃，這個嘛——」

曼倫忽然降低音量，「我老闆好像進來了，改天再聊，Bye-!」

啊，我連謝謝都還沒說呢。

下次請曼倫吃頓飯好了。

正當我在心裡暗暗感謝曼倫時，小葉學姊低著頭走進了辦公室。平常總是精神奕奕的她，今天出奇地弓著身子，腰像是挺不直似的走了進來。雖然偌大的辦公室裡只有我在，但她卻像是害怕被人注意到似的躲躲藏藏。

我從座位上起身，一面打招呼，一面走向她，「學姊早啊。」

「……早。」

「學姊，妳沒事吧？聲音聽起來怪怪的。」

她仍然低著頭，「……我有點不舒服。」

「這樣啊……是感冒了嗎？感冒就不要勉強——」

「學妹。」學姊忽然打斷我的話，她垂下的長髮遮住了整張臉。

「學姊怎麼了？」

「我要離職了。」

「啊？離職？！」

「我今天是來收東西的。」說著，學姊突然伸手拉住我，我立刻感覺到她的手心冷濕。「學妹，我——我還是很不舒服，妳幫幫我——幫我把東西全放進紙箱裡，然後搬到倉庫去，好不好？」

「好……沒問題。但是，學姊好端端的妳爲什麼要離職呢？發生什麼事了嗎？」

「對，是發生了一些事。」小葉學姊沒有否認，「不過，我現在眞的很不舒服，改天再約妳，我們過陣子再聊……那時我會全部都告訴妳的……」

我點點頭，擔心地扶著她的肩，「我知道了。學姊妳先回去休息吧。東西我來收就好。」

「謝謝妳……這是抽屜的鑰匙……」

小葉學姊搖搖晃晃地從座位上站起來，長髮還是遮掩住她的臉。我覺得很納悶，髮型看起來並不自然，像是害怕被別人看到臉似的，故意把黑髮梳成這樣。學姊以極慢的速度向前走了幾步，然後正如我所擔心的雙腿一軟，往前跪倒。

我雙手向前，勉強撐住了學姊的上半身，但代價卻是我比她更早跌向地面。眞是有夠痛。

「學姊！」我不禁尖叫出來。

原因並不是因爲摔痛了還是什麼，而是我看見了她的臉。

小葉學姊被長髮掩蓋的臉露了出來，從左上額角到下巴，爬著一條猙獰血紅的細長疤痕，那道宛若蜈蚣似的長疤甚至還經過了左眼，使得她的上眼皮又紅又腫，眼睛幾乎無法張開。

「……很可怕，對吧？」學姊嘴角抽搐著。

我鬆開手，自覺得失禮，「不，不是啦，是我反應過度……受了傷應、應該要用紗布保護傷口，這樣才好得快。」

打死我都不敢問這傷從何而來。

小葉學姊萎坐在地，吐出沉重而無奈的嘆息，「這疤不會好了，一輩子都不會好了。」

「怎麼可能……現在醫學超進步的，不管是磨皮還是雷射，都一定可以讓學姊恢復原來的樣子。」爲什麼我一邊說聲音一邊顫抖啊？

「今天早上我出門時，看著鏡子……心裡在想，說不定，這才是我眞正的樣貌。說不定喔。」

「學姊……」

小葉學姊伸手把長髮梳順，再次蓋住了臉。她扶著椅子，努力地站起來。

「收拾東西的事就拜託妳了。還有這個。」她把大衣口袋裡的記者證拿出來，塞到我手中。「別人問起，妳就說我身體不適吧。我會再跟妳連絡的。」

我故作平靜，「那學姊路上小心，我等妳電話喔，要打給我唷。」

小葉學姊沒有接話，我感覺到她深深深深地吸了一口氣，接著才邁步離開。

從背影看來，小葉學姊還是那麼美。

但……臉上的傷疤究竟是……

是她自己造成的嗎？是意外嗎？到底發生了什麼事？

小葉學姊是個外柔內剛的女孩。她從來就不會認輸，也不輕易妥協。雖然平常親和力十足，不過該講原則的時候，她比任何人都還要堅持。對自己的形象也是這樣，很努力地維持著。大學時我曾經開過她玩笑，說學姊是天生麗質，那時她不小心說出，她其實非常努力、非常辛苦地在維持著形象。

那樣注重美貌的小葉學姊，一定受到非常大的打擊吧。

鮮紅的傷疤，到底背後有著什麼故事呢？抑或是我亂想，只是單純的意外呢？學姊要離職，是因爲臉上受傷的關係，還是有別的理由呢？

我怔怔地看著辦公室的門，手上還握著學姊交給我的記者證，一時間感到無比茫然。

□

我不知道今天是怎麼了。

一大清早除了小葉學姊突然要離職的事之外，女魔頭好像也出了狀況。雖然她還是準時出現在辦公室，一樣叫人進去訓話，一樣對著大家發表刺耳又強悍的談話，但是她今天卻一直戴著墨鏡，而且還戴上了和幹練套裝一點都不搭調的街頭風針織毛線帽在頭上。

那樣怪異的裝扮根本就是故意爲大家增添茶餘飯後的八卦話題。這時大家不免又開始拿她老公的外遇事件來當主題，幾乎所有人都一致認爲，女魔頭昨天一定是被她老公忍不住痛揍了才對。

「不然她哪時戴過墨鏡了？一定是眼睛也被一拳打腫，整圈黑掉。」

「那毛線帽呢？」

「說不定還被老公抓著，把頭髮剪得像個瘋子！」

「是喔，這推測還滿合理的嘛。」

「那當然啦，女魔頭雖然不是美女，但平常也是很注意重個人形象的耶，哪可能打扮得這麼蠢。」

「戴那種眼鏡和毛線帽，眞的是欲蓋彌彰，嘖嘖。」

「我不明白的是，她老公竟然能忍她忍到今天，換作那女人是我老婆，早就一拳打得她滿地找牙了！」

「你少沒品了，女魔頭爲人是刻薄了點，可是打女人的傢伙更惡劣！動手打老婆，這還算是個男人嗎？」

「……也是啦，閩南語不是有句話：疼某大丈夫，打某豬狗牛嗎？再怎麼說女魔頭的老公也是大學教授耶，竟然對老婆家暴，是不是太差勁了點？」

「哼哼，說不定女魔頭受的是小傷，她老公反而被她砍了幾十刀還是切了命根子呢！」

「……也，也不能說這種情況完全不可能，哈哈。」

就這樣，大家紛紛聊著女魔頭今天怪異的裝扮，直到中午之後，有人看見我在替小葉學姊收拾桌子，大家才問起小葉學姊的事。

因爲當事人不在現場，多少有些傢伙就直接了當地猜測起學姊想要離職的原因。大家之所以完全不相信學姊是因爲「身體不好」而決定離開，這也是很合理的。因爲無論如何，學姊其實一直都是健康寶寶，之前也沒有任何身體欠安的徵兆，所以「身體不好所以要休養」這種理由才沒有人會相信。

我一面草草回答著大家的疑問，一面拿著學姊的記者證，走進了女魔頭的辦公室。女魔頭還是一樣的打扮，墨鏡沒有拿下來，頭上也還戴著再怎麼看都很可笑的毛線帽。

「什麼事？」她抬起頭。

由於墨鏡我看不到她的眼神，感覺有點不安。「這個。」我把記者證放在女魔頭面前。

「喔。」女魔頭出奇地冷靜，彷彿早就預料到了，「這件事我已經知道了。她的東西就麻煩妳收一收吧。」

「我知道了。」

看來學姊說不定已經事先和女魔頭打過招呼了。

害我之前還在想，到底要怎麼和女魔頭解釋才好。

不過，今天到底是什麼日子……我總覺得有滿腹牢騷想要發洩呢。

「怡賢！」同事朝著我招手，「妳的電話，二線！」

「謝啦。」我快步走回座位，「喂，你好，我是蘇怡賢。」

「蘇小姐妳好，這裡是新明綜合療養院戒護院區，妳還記得我們這裡有一位病患徐智軒吧？他出了點狀況，一直吵著要跟妳見面。能不能麻煩妳抽空過來一趟？」

「他出了狀況？發生了什麼事呢？」

對方（我猜是護士小姐）猶豫了一下，「詳細情況在電話裡不太容易說明——總之，妳今天能過來嗎？」

「應該可以。」

「希望妳能儘早過來。」很可能是護士的女性遲疑著，忽然降低了音量，「在今天結束之前，請一定要到。」

「我會的。」

對方沒有禮貌性的道別便掛上電話。

這時才覺得，她的說法很奇怪：今天結束之前。

今天嗎？今天？

我想了想，一時間沒有頭緒。我將學姊的東西儘快整理好，放入紙箱，幾乎什麼都沒丟掉。萬一自作主張，不小心把什麼重要的物品還是資料弄丟就麻煩了。一面想著，我一面將紙箱抱到儲藏室中。從儲藏室出來後，我稍微想了一下，決定要摒除個人好惡，連絡鄭以薰。既然萬德教會案件已等同「移交」給了鄭以薰，那麼這次最好他也一起去。

考慮到這點，即使我一想到他就覺得討厭，但還是找出他的名片。

「怡賢妹妹。」他很快接起電話，「人家正等妳等得很心焦呢。」

好欠揍的口吻，「喔……眞沒想到你有輸入我的手機號碼。」

「那是一定要的啊。如果我沒有記下來，妳一定會很傷心吧，嗯？」

我決定直接切入正題，「……你現在有空嗎？」

「要喝茶還是看電影都可以唷～」

冷靜！不可以罵他髒話！「我是有事找你。萬德教會案件的犯人好像有狀況，剛剛醫院打來，說他吵著要見我呢。」

「喔喔！眞是沒想到啊，到底怎麼了呢？」

「詳細情況我也不清楚。我只是在想，既然你決定要寫這個題材了，那麼待會兒要不要一起過去看看。」

「這是一定要的。我去報社接妳好了。」他的聲音一整個很愉悅，「怡賢妹妹有約，不管哪裡我都去啊。」

重點不是這個吧！「好，那麼待會兒見了。」我強忍著噁心感掛掉電話。

長得那麼好看又有才華的男人，到底爲什麼會是個有著花痴性格的殘缺傢伙呢？到底爲什麼？！

□

「其實你有嚴重的人格分裂對吧？」

無論這句話衝到嘴邊多少次，我還是很努力地忍了下來。雖然愈看愈覺得鄭以薰是個嚴重的怪咖，但要是亂說話得罪了他，說不定我就會成爲他下一部作品裡被鬼怪咬去四肢還是挖出內臟的受害者了，還是避免一下吧。

我坐在副駕駛座上，強自忍耐著對於自戀狂的不滿。我好想好想知道，那天晚上帶著王子氣息般的男人，到底是不是鄭以薰。這樣的疑問在我心裡時常浮現，特別是當他本人出現在我面前時。

「小賢賢。」

「嗯？」小・賢・賢？！好肉麻。

「爲什麼父母給妳取名爲『怡賢』呢？」

「因爲賢是祖譜排定的字，怡是取怡然自得的意思。」其實我不知道呢。

「也是。蘇爽、蘇脆、蘇家還是蘇錢都不太行，但蘇怡賢就好得多了。」

蘇爽……

蘇脆……

你這個有女人名字的傢伙有資格說我嗎？

「那麼，鄭以薰這個名字又有什麼意義？」

「沒有任何意義。好像是算筆劃得來的結果吧。」他握著方向盤，「總之是神棍決定的。」

「是嗎……」我想到那天晚上和他一起的美人，於是問道：「以薰老師現在單身嗎？有沒有交往的對象？」

「情人節已經過了耶。」

「啊？過了？是啊，情人節是已經過了，這跟我問的問題有什麼關係？」

「怎麼會沒關係？妳問我的情感狀況，不就是因爲妳要向我告白嗎？」

「……你想太多了。」如果你能恢復到那晚的氣質，我可以重新考慮。

「愛上我是會受傷的。」他嘴角再度勾起微笑。

「……該怎麼說呢，你有一種讓人心中泛起漣漪的能力。」而且是憤怒的漣漪。

他露出滿意且自我欣賞的表情，「這是天生的，沒辦法。」

「對，我想也是呢。」不討喜的個性也是天生的。絕對是。

再度來到新明綜合療養院時，無論如何都有一種說不出的怪異感。身邊多了一個人並不是主要的原因，而是在進行登記和安排會面時有一種強烈的不安感覺。到底是哪個環節出錯了呢？我這麼想著。

「不是說是院方的護士打電話請妳過來的嗎？怎麼好像沒這回事似的。」鄭以薰的聲音從身後傳來，「所有護士都是一臉完全沒想到會有人要來探訪徐先生的樣子。」

「對了！原來如此！」沒錯，這個，就是這個，「難怪我從剛剛就覺得不太對勁，照理說如果徐先生一直吵鬧所以才請我過來的話，護士們理應露出：『啊，總算來了』的表情才對。」

「理論是這樣沒錯。但不管是誰，都沒有表現出這樣的心情呢。難道……」鄭以薰那宛若黑色玻璃珠的眼睛閃過一絲遲疑。

我緊張起來，「難道什麼？」

「難道她們全都只顧著欣賞我，所以忘了徐先生的事嗎？」

「……」這麼自戀的人，絕對不是地球上的物種吧。

「喔！來了。」隨著鄭以薰的聲音，會客室的門被打開。

和上次一樣穿著寬鬆淡藍和粉綠條紋相間睡衣的徐智軒以一種漫遊似的步伐走進了會客室。他看了我一眼，又看看鄭以薰，臉上忽然露出誇張的笑容。他就這麼咧著嘴無聲地笑著，牙齒上因吸菸而造成的焦黃色漬因此格外顯眼。

徐智軒保持著令人不太舒服的笑容，「今天，是四週年呢。」

鄭以薰看了一眼手錶上的日期，「是的，正好四週年。」

「你也是記者嗎？」

「我寫恐怖故事。」

鄭以薰揚起微笑，漆黑的眼注視著徐智軒。在這時，我才發現他又變回那天晚上在聯誼時見到的，帶著強烈憂傷和冰冷氣息的樣貌，低級又自戀的鄭以薰在這時像是被什麼呑沒似的完全消失，一點殘渣都不剩。

「那麼你眞是來對了。妳說是吧？記者小姐。」

我略帶尷尬地點頭，「抱歉，未經您的同意就帶鄭先生過來。是這樣的，鄭先生想以四年前萬德教會事件爲背景，寫一部恐怖小說。」

徐智軒深表同意似地點頭，「很好啊，我很贊成，贊成得不得了喔！不管是寫成專題報導還是小說，我都很支持呢。不過，我是沒辦法讀到啦，眞可惜。」

「這裡不讓患者讀小說嗎？」鄭以薰雙目透著寒光。

徐智軒把嘴咧得更大更誇張了，上半身往前傾，「不是唷——是我，我今天就會死掉啦，是這個原因啦。」

像是報告好消息的語氣加上那樣的表情，一時間我只覺得毛骨悚然，微微發顫。

鄭以薰則像是毫無所覺似的，依舊以銳利的目光注視著徐智軒，「因爲，有某種力量要帶走你了嗎？」

「這就是召喚的代價嘛。」徐智軒突然縮回身體，雙手抱胸，重重往椅背一靠，「反正，被關在這種鬼地方這麼久，我所犯的罪也該還清了吧。」

「所以，每個召喚出力量的人，都會在四年後死去？」鄭以薰續問。

徐智軒搖頭，終於不再以恐怖的笑容示人，「我不知道。我只知道我就活到今天……也不是很久以前就知道的，這陣子吧，突然某天就意識到了。」

「聽、聽說您想見我？」我問。

「咦，是有這麼想過，但記者小姐怎麼會知道我的心意呢？呵呵呵。」徐智軒又笑了，「是跟我心有靈犀嗎？」

「……」我想起電話裡護士叮囑要在今天結束之前過來，頓時渾身發冷，決定避開這個話題，努力打起精神，「有件事想請教您。程芳雨小姐……她在事件發生後，到底去了哪裡？還有她的孩子……」

「在中途之家。一直都在。」

「一直都在？」

「沒有離開過啊。二月二十九日，那天也是她生產的日子。好可憐喔，沒有人知道，沒有人幫她，於是就一個人躺在床上，血流不停。因爲她在孩子出生前就昏迷了，所以孩子生不出來，羊水和血都流乾了，她跟孩子就這樣一起死掉了喔。」徐智軒以開朗的神情吐出這些恐怖的話語。

鄭以薰靜靜地問：「誰告訴你的？」

「沒有人告訴我。就像我知道今天是自己的死期那樣，自然而然意識到的。」徐智軒說道，「死了也不是壞事嘛……雖然說活下來也是可以，但是她自從搬入了中途之家，父母連一次都沒去探望過，那樣的她以後的日子難道會好過嗎？從根本上她就不是一個被需要的人，沒有人在乎她的死活。」

「但是你在意。」鄭以薰說道。

「我在意有什麼用？我是個犯下重大案件的瘋子呢。」

「……等一下，如果程芳雨眞的因難產死在中途之家，那警方爲什麼都沒有紀錄呢？也完全沒有任何報告，就連屍體也不知所蹤……」我焦急地問道，「這其中到底——」

「記者小姐啊，有些事就是這樣的啊……二月二十九日那天，妳以爲爲什麼那麼多人會聚集在教會中……他們是去開會的，連同她的父母一起，一起討論著，要怎麼處理掉她的屍體……多棒的教會啊，哈哈。」徐智軒以平靜的口吻說道，「不要問我爲什麼知道，是的，沒有人告訴我，但是答案就這麼出現了。如果妳不相信，就去找，在中途之家，一定還在那裡。被當作垃圾一樣地草草掩埋掉的她……」

「我對另一件事很好奇，就是那本小冊子。」鄭以薰問道，「那本小冊子到哪裡去了？」

「到了下一個人的手上。」徐智軒說道，「這世界上跟我一樣心懷憤恨的人太多了，隨便誰都有可能拿到。」

「這也是你感受到的嗎？」我問。

「自從畫下了那個圓圈後，我已不再是我了。有一部分的我可以感受到很多事，或者在同個空間裡某些肉眼看不見的存在。」

鄭以薰和我都沒有接話。

徐智軒以手托腮，看看我又看看鄭以薰，「讓我好好看看你們可以吧。」

「看看我們？」我重複一次。

徐智軒點點頭，「嗯啊。你們可是我人生最後的訪客呢。我想記住記者小姐和這位作家先生。」

如果我從來就不相信他所說的話，那麼此時就不會如此毛骨悚然。我爲什麼要被你記住？我不要。

鄭以薰將嚴肅寒冷的目光收起，像是紅綠燈變換似的換上了又痞又討人厭的表情，他張揚起誇張的笑容。

「如果你活到了明天，那怎麼辦？」

「那就別寫這個故事出來丟人現眼了。」徐智軒先是正色答道，接著竟和鄭以薰兩人相視而笑。

□

因爲我相信他的話，所以我知道我不會再見到這個人。即使和他沒有任何關係，但就憑著「再也不會見到」這個因素，我本能地努力記下他的一切。到底爲什麼我有著這麼討厭的反應，我不想記住這個人，一點都不想。當然，也不想被他記住。

「在想他說的話嗎？關於死期的事。」鄭以薰雙手插在口袋裡，看著正前方。

「你相信嗎？」

「反正明天就揭曉了。妳知道讓死期預言實現的方法是什麼嗎？」

「……自殺？」

他點點頭，「沒錯。」

「那麼，這是自殺預告。」

「妳想介入嗎？還是干預？」他側過頭看我，突然又變成那個憂鬱的鄭以薰，「我覺得沒必要。反正他活著也不見得那麼快樂。」平淡的語句，但無比沉重。

「……就讓他去死嗎？不救他？這世間很多不快樂的人，難道都要去死嗎？」

「妳會覺得我冷血吧。但我並不是反對自殺的那種陽光好人。人是有自由意志的，如果某個人真的覺得他一點都不在意那些愛著他或擔心著他的人，寧可捨棄這些去赴死，那也就隨便他了。」他那漆黑的玻璃般眼眸在說話時好像閃動著什麼光芒，「但，我也不是鼓吹自殺有多好的人喔。這點請別誤會。」

我沒有接話，只是拉高領子，抵擋著寒風。

那天後來我到底在幹嘛，其實已經想不起來了。離開新明院區之後的我回到報社，把當天的工作處理完之後，不知怎的就晃到了永康街。

我站在巷口，看著「日昇山坡」的招牌，心裡想的是鄭以薰有雙重人格以及徐智軒今天就會死去這兩件事。這兩件事同時並存，在我腦中交錯循環。就這樣不知道在「日昇山坡」前站了多久，直到耳裡聽到了一聲喵嗚，才逐漸回過神。一隻站在院子裡的三色花貓對我喵了一聲，彷彿是在問：妳到底要不要進來。我一時失笑，看著那隻花貓在小碗裡飲水，然後吃了點飼料，接著用貓掌洗臉。

應花貓之邀，我推開了店門。

「歡迎光臨。」站在吧台的年輕正妹以開朗有朝氣的音量向我招呼，「有空位都可以坐喔。」

沒想到店主竟然不在。

我環顧店裡，三頭卡爾特貓也好像都躲了起來，但出乎意料的是鄭以薰其實是在店裡的。他坐在角落一張小圓桌，和一名年輕可愛的女孩子熱烈談話。

這時女服務生來到我面前，遞給我菜單。

鄭以薰並沒有注意到我，也好，現在的他看起來自戀人格好像正主宰著一切——簡單來說就是非常努力地在散發費洛蒙把馬子。

我打開筆電，告訴自己還是忘了萬德教會的案子。

反正都已經決定移轉給鄭以薰了，接下來那就是他的事。老實說，我今天甚至根本就可以不必過去療養院——反正不關我的事嘛。我想起女魔頭教訓過我的話：「當記者的第一課不是要勤快，而是要能分辨事件到底有沒有新聞價值。」要是被她知道，我竟然去追一件沒有新聞價值的舊案，而且還爲了它寢食難安，女魔頭一定會覺得我是白痴。

反正我不聰明也不是一兩天的事了。

「妳來了。」替我端來三明治和咖啡的竟是鄭以薰，他拋出微笑，「幾個小時不見，這麼想我嗎？」

只說對了一半——

我要想也是想另一個冷硬派的鄭以薰。

「……我今天是來看貓的。」我說，「你不是在跟朋友聊天嗎？你忙你的，別管我。」

「朋友？喔，那是我的讀者。她跟男朋友吵架了，跑來跟我訴苦。」他聳聳肩，說道：「這也是作家的社會責任之一吧。」

「比起來我覺得救助流浪貓會更實際一點。」

「妳生氣了嗎？小賢賢～」

「……你可不可以連名帶姓直接叫我蘇怡賢就好了？」

「害怕暱稱會透露出我們的關係嗎？呵呵。」自戀鄭以薰在一秒內突然變成冷硬鄭以薰，他湊近我，以那雙深潭似的眼眸望著我，低聲說：「可是來不及了唷。我們現在已經是一體的唷。」

「一、一體？」誰跟你一體啊。

他恢復自戀，輕浮大笑，「是啊，萬德教會案要是順利寫成了小說，那就是我們倆愛的結晶囉，對吧？」

我差點，沒被三明治噎死。

□

回到家後，洗了個熱水澡，很快地鑽上床去。睡前我調整鬧鐘，看著指針走到了十一點二十幾分，我不禁想到徐智軒今天所說的話。「今天」就快結束了，那麼，他現在……說不定已經入睡，在床上睡得好好的呢。

會死去嗎？他眞的會如他所意識到的，在這天死去嗎？如果眞是如此，那麼是早就預定好的自我了斷，還是——「他殺」？會是跟案發現場一樣，被撕裂成碎片充滿痛苦的死法嗎？

一想到這裡，我的心跳就急促起來。

這時，像是要打斷不切實際的想法似的，手機響了起來。

「喂？」

「還沒睡？」鄭以薰難得用嚴肅的語氣說話呢。

「什麼事？」

「我有個朋友是刑警——就是幫我找萬德案資料的那位——他剛剛打給

我，說在民生東路的某棟大廈裡，發生了一件命案。現場，幾乎跟萬德教會一模一樣。雖然案發現場是民宅，但是牆上出現了許多倒十字，三名被害者都身首異處，頭部放在畫滿倒十字架的牆下方。」

「真的假的？！」

「半夜打電話說鬼故事可不是我一貫的作風。」

「案件是什麼時候發生的？」

「應該是今天晚上吧，詳細情況還不清楚。」鄭以薰嘆氣，「還真的四年一次呢。」

我沉默了一會兒，才問：「死者是什麼人呢？」

「是一家人，好像是一對中年夫妻和上高中的兒子。我要過去警方那邊一趟，要一起來嗎？」

「我？去是可以……但是警察哪會隨便讓我們這些閒雜人等知道案情啊？更別說是進入現場了。」

「那可不一定唷。總之我過去接妳。」

「好吧。」

身爲一個記者，就當作是去練練功吧。

看看有沒有第一手消息好像也是職責所在。

然而就在出門前，手機忽然傳來一則簡訊，是我幾乎已經完全忘了長相的Mike，他問星期五要不要一起出來吃飯，他約了海豚和海豚的男友，以及另外的一男一女。這種成雙成對的場合我最沒辦法了，於是隨便找個理由拒絕。雖然對熱心的Mike不好意思，但最近我實在沒心情出去玩哪。

□

鄭以薰的車駛入民生東路，停在一棟淺黃色二丁掛十六層樓的大廈前，大廈周圍已停了兩輛救護車、兩輛普通警車和三輛偵防車。我看著這棟大廈，覺得有點眼熟。

鄭以薰將車隨便一停，動作簡潔快速地下了車，朝著一名守在樓下大門的警員走去，不知說了什麼，警員表現出肅然起敬的神態，替他打開了大門。

「快點，」鄭以薰回頭催我，「妳還發什麼呆？」

「喔，喔！」我這才快步跟上。

「抱歉，鄭先生，這位是？」警員狐疑地打量我。

「蘇小姐是我助理。」

助理？我是你助理？

好吧，看來犧牲一下才能被帶進現場吧。

警方派出的陣仗比我想像中來得大，電梯和消防梯附近也都有人看守，鄭以薰報上了姓名，負責看守電梯的員警才替我們按了上樓鍵。

進電梯之後，那種熟悉感更強烈了。

奇怪，我是來過這裡嗎？怎麼感覺似曾相識呢？

「妳在想什麼？」

我呆了半秒，決定扯點別的，「爲什麼警方好像早就知道你會來？你該不會是警政署署長的親戚吧？」

「……喔，我跟警界是有點淵源啦。」鄭以薰輕描淡寫，從大衣口袋裡掏出摺好的白色塑膠物品給我，「拿去，等等會用到的。」

「這是什麼？」

「塑膠袋。」

「給我塑膠袋做什麼？」

「勸妳趕快打開它，馬上就用得著了。」話聲剛落，電梯門便叮一聲打開。

案發現場是大廈十六樓，也就是頂樓。這棟雙併華廈出了電梯後左右邊各有一戶，雖然不能與現在指標性的豪宅相比，但是這棟平均每戶有六十坪室內空間的大廈，在價位也算得上是高級住宅了。看來死者應該是收入不錯的中產階級吧，能住得起這種華廈，身家至少幾千萬。

大門前一群警員和便衣刑警正在談話，其中有一人應該是對面的住戶，他是個中年男子，略略發福，頭頂微禿，面孔很眼熟。我不停回想在哪裡見過他，過了好一會兒，我終於想起來，在市議員的競選海報上——眼前這位先生是某政黨的市議員，而且還連任了兩三屆。果然這棟華廈裡，住的都是有頭有臉的人物。

這時，一名穿著深灰色夾克的男子從屋內走出，他一見到鄭以薰便連忙招手，「來了就快進來，還站在外面幹嘛？」

「穿塑膠鞋套啊。」鄭以薰如此回答。

我現在才發現，原來進出案發現場的人員，大家腳上全都穿著像是雨鞋套似的透明塑膠袋。大概是怕弄混兇手的腳印和增加其他不必要的毛絮物質吧。

鄭以薰看著我，「小賢賢平常會看恐怖片嗎？」

「很少。」

「那妳最好審慎評估一下，到底要不要進去。」他把一對鞋套塞給我，逕自拉起封鎖線，踏進了案發現場。

還需要審慎評估？是真的有這麼可怕嗎？

鄭以薰到底跟警方是什麼關係，竟然沒人盤查他，隨便讓他來去重要的案發現場？就不擔心他身懷相機，隨便拍些第一手照片賣給報社嗎？

帶著滿腹疑問，我匆匆穿上鞋套，也鑽過了封鎖線。

「妳是哪位？」馬上有人攔住我。

「我、我是鄭先生的助理。」眞是心虛啊，我實在不擅長演戲。

「喔！失禮了，抱歉抱歉，請進，小心腳下。」

一踏進屋裡便被濃厚的血腥味刺激得反胃，難怪鄭以薰要我打開塑膠袋備用。通過玄關之後，此起彼落的閃光燈強光讓我覺得眼前一片模糊。

這時鄭以薰走到我身邊，「我個人建議小賢賢妳先準備好嘔吐袋再繼續往前走。」

我瞪了他一眼，「少瞧不起我。」

他聳聳肩，「這是忠告。」

隨著愈來愈強的血腥味，我走進了客廳。

整間寬敞明亮的客廳像是被泡在血裡浸過似的，大量大量的血染紅了一切。客廳的主視覺牆面被畫上了許多黑色的倒十字，三顆因佈滿鮮血而看不清容貌的人頭就擺在倒十字下方。客廳內散亂著一塊塊的屍體，斷肢殘臂。一條凝結著紫黑色血塊的女人斷腕被棄置在地板，傷口處皮膚和肌肉被拉扯變形，斷骨的剖面尖銳，透著一股淡淡的粉紅，手指尖的指甲幾乎不復存在，只剩下深紅色的甲床。女人指上還戴著金色的指環，即使毫無血色，但我仍然有種它隨時可能像「阿達一族」裡的管家那樣動起來的錯覺。

「容貌毀損得不算太嚴重。」鄭以薰的聲音從不遠處傳來，「跟萬德教會的情況比起來，這裡的三名受害者的首級算是沒有受到很嚴重的破壞。只有嘴，從嘴角部分被剪或者切開，弄成像是裂口女那樣。」

我忍住滿腹噁心，往前走了幾步，湊上前去看看那三顆人頭。

然後，就什麼都不知道了。

第4話

醒來時觸目是一片白，但鼻裡吸嗅到的並非是醫院特有的消毒水味，而是淡淡的香氣。那是綠茶的氣味。

「妳差點毀了整個案發現場。」平淡閒然的聲音鑽進耳裡。

我坐起身，首先看到的是在床的對面，灰色的水泥板牆面上掛著超大的電漿電視，房間的一角擺著一張深紫色絨面單人高背沙發，鄭以薰好整以暇地坐在那兒，手上拿著威士忌杯。

「這是你家？」

這房間約莫十來坪，沒有多餘的擺設，只有基本的床組、他所坐的單人沙發、一盞沙發旁的立燈，以及一張和沙發同色的床尾椅。

「小賢賢可是第一個來我家過夜的人唷，眞是害羞呢。」鄭以薰突然換上花痴語氣，科科科地笑了起來。

「拜託，請連名帶姓地叫我，好嗎？」我揉揉額頭，「我到底睡了多久？還有，那個現場……」

「妳是暈過去，而不是睡著。」鄭以薰又換回冷酷人格，「從案發現場回來到現在，妳睡了大約七個小時。那個時候，妳是因爲看到女被害者的臉，才嚇暈的對吧？」

其實我根本什麼都不記得，但是鄭以薰的話有蹊蹺，「什麼意思？爲什麼說我是看到女被害者的臉才昏過去的？女被害者的臉還是長相有什麼特別之處嗎？」

鄭以薰露出了然的表情，「喔，所以妳不是。」

「你到底在說什麼？爲什麼你說得好像我『應該』要因爲看到女被害者的臉而昏倒？」

「如果沒錯的話，那棟房子的男主人姓唐，是一名大學教授，他和妻子以及讀高中的兒子一起遇害。他的妻子姓陳，常上電視，算是媒體名嘴，在報社任職……」

我渾身發顫，「才、才不會那麼剛好……你想告訴我，死掉的是女魔頭一家人對吧？我……我不相信，怎麼可能……」

「從現場遺留的證件看來，是陳修萍、唐玄俊、唐子謙一家三口。今天下午就會進行認屍。不必那樣看我，我沒開玩笑。我本來以爲，妳是看到了陳修萍才嚇昏的。看來是我弄錯了，妳只是根本性的脆弱而已。」

「……什麼叫根本性的脆弱？」

鄭以薰拋出媚惑的笑容，「就是俗稱的膽小。」

我到底爲什麼要跟這個人格分裂者混在一起啊啊啊啊？！

「喔，對了，遙控器就在床邊，妳要不要看一下晨間新聞啊？我想今天的報紙也會有喔。」他補充道。

「……我的手機呢？！對了，手機！」我連翻帶滾地下床，卻不知道自己的包包在哪兒。「我的包包在哪裡？」

「不知道耶。我只有帶『妳』回來。」

「你這個——可惡！如果眞的是女魔頭遇害，我的手機一定響爆了！一定會有很多同事跟我連絡的。」

「這麼說也是呢。妳的包包應該在我車上吧。」鄭以薰想了想，從舒適的沙發上站起，「要不要洗個臉再走？送妳回家之後，我要去一趟刑事警察局。」

「對了，我一直還沒問，你跟警方到底是什麼關係？爲什麼一副所有人都等著你出現的樣子。」

「喔，我是身分特殊，協助辦案的專業人士。」

「你哪裡專業了？」專業的人格分裂者嗎？

「這個得保密才行喔。就算是跟我一起睡過，也不可以知道呢。」

人格又分裂了，是吧？！

而且什麼叫跟你一起睡過！我不過是被迫來借住了一晚……

「怎麼了？臉色那麼難看。」他倒是完全不覺得自己說了什麼蠢話。

我一直努力地將他和那晚聯誼時看見的男子當作同一人，但現在我無論如何做不到，那天晚上，充滿憂鬱感和深邃雙眼的美男子到底爲什麼會人格分裂成一個老是胡說八道的人，我是怎樣都無法理解啊。

我的包包果然在鄭以薰的後座上，我找出手機，上面顯示著二十幾通未接來電。光看這個數字，我就可以確信，鄭以薰並沒有騙我，被殘忍殺害的一家三口……應該就是女魔頭家。

坐上副駕駛座，我一面繫上安全帶，一面回電給同事振良。

「喂！蘇怡賢妳是跑哪去了，怎麼現在才回電？跟妳說，大事不好，女魔頭昨天晚上被殺了！」

「我……我知道，」我連忙慌稱，「我看到新聞了。然後呢？已經證實眞的是她沒錯嗎？」

「不會錯的。聽說，」振良的聲音透著一種強烈的恐懼，「連頭都被切下來了。」

「……」我馬上想起昨晚的景象，差點反胃。

「喂，妳還在嗎？」

「嗯，那上頭有什麼交代？」

「交代得可多了！妳還記得女魔頭跟她老公在電話裡吵架，被助理播放出來的那件事吧？」

「記得啊，怎麼了？」

「當時不是說她老公有外遇嗎？現在警方正在調查，她老公的外遇對象究竟是誰。可是，我跟妳說，我已經知道女魔頭老公的情婦是誰了。」

「你知道？你怎麼知道的？」

「開玩笑，當然是碰巧發現的啊！女魔頭她老公是大學教授，多少有點名氣，幹我們這一行最強的就是認人，我一看到就認出來了——啊，這不是重點，重點是他的情婦！我靠，真他媽沒想到，竟然是我們報社的同事，妳猜猜看——」

「少廢話，到底是誰？」

「哈，說出來妳也不相信。老實說，如果不是看到她和女魔頭的老公一起走進MOTEL，我也不會相信的！」

「劉振良你少囉嗦快告訴我是誰！」這傢伙是想把我急瘋嗎？

「就是——葉．瑞．盈！」

葉瑞盈。

葉瑞盈？

葉瑞盈？！

小葉學姊？

「拜託，現在是什麼緊張時刻你少來亂，怎麼可能——」

「唐玄俊是妳們學校的教授，難道不是嗎？」

「話雖如此，但……」這時手機卻響起了插撥，「我有插撥，等一下再打給你。」

「好吧，喂！先別跟其他人說，我可是信得過妳才告訴妳的唷。」

「知道了。」我匆匆按下切換，這時車窗外的陽光猛然刺入我眼中，使我一陣暈眩，「喂？」

「請問是蘇怡賢小姐嗎？」來電者是個女人。

「我是。」拜託不要打來叫我借錢還是買保險，我眞的會飆髒話。

「這裡是新明療養院。您認識徐智軒先生吧？今天早上巡房人員發現他，呃，過世了。他有留下書信給您，請您抽空過來一趟。」

「什麼？！」徐智軒——眞的死了？！

手機那端突然一陣沉默，待我喂了好幾聲之後，對方才重新接話。「抱歉，唔嗯，您不用過來了，剛剛警方把那封信帶走了，好像是要作爲證物的樣子……打擾您了，再見。」

「喂，等一下！先別掛！喂？！」

一直默默駕駛的鄭以薰看著我氣得七竅生煙好一會兒，才悠悠問道：

「目前情況如何？」

我半放棄地靠著車窗，「……報社同事，說是被害的是女魔頭一家。小葉學姊好像也和案子有關……剛剛有個護士打來，說徐智軒死了。」

「徐智軒，果然死了。」鄭以薰思考著，「他的事先不說。瑞盈小姐——爲什麼會和陳修萍一家的案子有關，這是怎麼回事？」

「我不知道，我不知道！天哪，我眞的快瘋了！快瘋了……」

啊，該死的手機！

電池圖示閃啊閃的，宣告著電力用盡。

……隨便怎麼樣都可以，我不管了！

□

醒來的時候，只覺得好冷。

額上全是汗水，髮絲就這樣貼在我的臉上。不知道是不是因爲流汗的緣故，臉頰上的傷口益發疼痛。發炎了，好不了了。

我用手把汗抹掉，一點兒也不想起床。床也濕了，被子和枕頭都濕了。

我流了這麼多汗嗎？大概吧。

我不許自己張開眼。一張開眼，就再也睡不著了。

在床上滾了幾滾，睡意並沒有回復的跡象。應該再多睡一下的，在經過那麼漫長的一夜，令人疲倦的夢之後，很應該再睡。

然而，我最後還是微微睜開了眼。

和往常一樣，從這個角度看去，正巧可以看到放在玄關處的鞋櫃。我懶懶地不想動，只是側躺著，呆呆地看著鞋櫃。鞋櫃前有幾雙鞋。該整理了，鞋多到放不下，該扔的不能猶豫，不過是鞋子而已。

不過是鞋子罷了。

我一面這樣想著，一面無意識地看著鞋櫃前的高跟鞋。

就在我恍惚之時，耳朵裡聽見了腳步聲。放在鞋櫃前的高跟鞋，不知何時，竟然往我的方向移動了。剎那間我嚇得完全清醒，從床上跳起，拉著被單縮到一角。那是一雙漆皮鮮紅色的高跟鞋，它以一種非常怪異、不自然的方式移動著，彷彿有雙尺寸不合的，透明的腳正穿著它試圖前進……

鞋跟摩擦著地面，發出難聽的噪音。

那雙紅色的高跟鞋不停地移動著，它是有目的地前進著！

它並不是直撲我而來，而是向著套房裡原本擺放小茶几的空間。本來擺放小茶几的位置，因爲我昨晚發狂似地做了件蠢事而空出來。

紅鞋在我畫出的圓圈前停了下來，像是被人踢掉似的。我靜靜地注視著那雙紅鞋，忽然覺得房間暗了下來。

天花板的角落有著一道黑影。那黑影當然不會是我，像是從天花板邊緣滲出似的，緩緩地拉長、再拉長。那是一道人形的黑影，只有不停被拉長的上半身。

我終於忍不住尖叫，眼前猛然一黑。

□

坐在鄭以薰的店裡，我雙手托著頭。

在吧台裡煮咖啡的鄭以薰沉著臉，好像回到第一次看見他的時候——深黑如玻璃的眼珠透著寒冷的光芒。在看著他側臉的那瞬間，我把一連串恐怖血腥的事件暫時地拋諸腦後，只是呆呆地，無所思地看著他那張完美如雕像的臉。

為什麼總是判若兩人？

在警方面前討論案情的鄭以薰和開著低級玩笑的鄭以薰，到底哪一個才是真正的他呢？那麼好看、那麼漂亮的人，難道真是個精神分裂者嗎？

還是說這個人三不五時就會被鬼上身？

「喝咖啡的時候，不要想些有的沒有的會比較好。」

「你怎麼知道我在想些有的沒的？」

「我有眼睛。」

而且是很漂亮的眼睛呢。我接過咖啡，香氣讓我猛然清醒，「……你有小葉學姊的電話嗎？」

「有。而且還有地址呢。」

「喔？你們原來這麼熟啊。」

「開車送過她幾次。放心，我跟她不是那種關係……妳不用吃醋。」

我已經累到連憤怒的表情都做不出來了。「替我撥一通電話給小葉學姊可以嗎？」

鄭以薰拿出手機，很快地找到號碼，按下通話鍵。

「……沒人接。」半分鐘後他放下手機，「轉到語音信箱去了。」

「學姊如果在家的話，應該也會看到晨間新聞了吧。」

「妳還沒說清楚，陳修萍一家跟瑞盈小姐有什麼關係。不就是上司和下屬嗎？」

「有同事說，小葉學姊的男朋友就是女魔頭的老公。」這說得夠簡單了吧？

「……喔，原來如此。」

「你怎麼就這樣相信了？不應該抱持著懷疑的態度嗎？」

鄭以薰聳聳肩，「看得出來她有男友，也看得出來她不希望男友曝光。不希望男友曝光的可能性之一，就是不倫戀。當然也許有別的理由，但我個人覺得很合理。」

「哼，我怎麼就看不出來小葉學姊有男友？」

「大概因為我們怡賢小可愛的觀察力嚴重低落吧。」鄭以薰突然放下咖啡杯，「怎麼樣，我們去證明一下瑞盈小姐到底跟陳修萍的案子有沒有關連，如何？」

「你、你要怎麼證明？！」而且我才不是什麼小可愛……

鄭以薰勾起意味高深、充滿致命魅力的笑容，以食指指尖輕敲著咖啡杯緣，但卻靜默不答。

小葉學姊的套房就在離報社不遠的住宅社區中。雖然大致上知道她住在哪裡，但我卻從來沒拜訪過。

一路上，我想著，其實自己對小葉學姊並沒有那麼的熟稔和了解。雖然一直都覺得她既親切又溫柔，可是除了那些必要的接觸之外，我對小葉學姊的生活其實根本就一無所知。

她放假時都在做什麼、她喜歡去哪裡逛街、她是不是常跟朋友出去，還是都宅在家裡、小葉學姊的老家是在哪裡、她有沒有交往的對象？仔細思考才發現，原來我從來沒有試著去了解學姊。

人們總是覺得身邊的一切理所當然。

更加理所當然的是，自己身邊的一切都會在正軌上。

到底為什麼可以這麼理直氣壯地相信呢？
我不禁想起我那少得可憐的戀愛紀錄。
我當時好像也總是理直氣壯地相信會這麼走下去呢。

「到了。」鄭以薰將車停好。
「如果她不在怎麼辦？」
「她應該在。」
「你怎麼知道？」
「猜的。想太多會拖累行動力，賢賢小妞。」
……隨便你，隨便你，你愛叫什麼就叫什麼。
我現在渾身上下都沒有反駁的力氣了。

事實證明鄭以薰的猜測是對的。學姊雖然沒接電話，但是在按了門鈴長達五分鐘之久後，她終於拿起了對講機。大概是對我沒有什麼防備，於是打開了樓下大門，讓我們進入。

乘著電梯來到學姊的套房前，深紅色的銅門已經開啓了一道細縫。這時鄭以薰突然將我拉到身後。他沒有說話，眼神丕變，不再是那個胡說八道又自戀的瘋子，深黑色的眼珠又像是冰冷的寒潭之水那樣了，只要注視著他的眼，就會不知不覺出神。

「進去之後，不要說話，什麼都不要做。」他以極低極細微的音量，像是在哄騙孩子似地，以一種甜膩的語氣說道。

「啊？」

「總之，不要說話，我要專注才可以呢。也不要碰屋裡的任何東西喔。」他使勁捏了一下我的手，接著像是牽孩子似的牽著我的手，讓我跟在他的身後進屋。

鄭以薰的手出乎意料地冷。

小葉學姊的套房並不算大，一推開門就能望盡整間屋子。狹小的玄關放置著一座鞋櫃，但仍有幾雙高跟鞋直接放在地板上。屋子裡擺著一組棕色雙人小沙發、茶几、一張雙人床和三尺左右的同系列衣櫃、梳妝台。房間的傢俱大都是基本的原木色，而布製品全都是白色的，理論上全都是明亮的色系，但不知為何卻覺得非常陰暗。

一襲淺灰色家居洋裝的小葉學姊站在房間正中，長長的頭髮披垂著，遮蓋住她臉上的傷痕。半邊沒被長髮蓋住的臉上毫無血色，眼圈深陷，顯得原本就黑白分明的眼睛奇大無比。學姊雙手似乎微微顫抖著，手指往掌心曲成球狀。最奇怪的是，明明就在她自己的家裡，而且服裝也是看起來穿得很舊的家居服，但學姊卻穿著一雙鮮紅色的高跟鞋。

我本能地正要開口，但鄭以薰猛然捏了我一下。不知為何我一點都不想甩開他的手，反而不顧一切地握住。

「陳修萍一家人，昨晚，死了。」鄭以薰像是沉澱了一下情緒之後，才開口，「牆上都是倒十字架。」

小葉學姊不知是沒有聽到，還是嚇得呆了，她以一種對峙的眼神瞪著鄭以薰，「什麼意思？」

鄭以薰看了一眼流理台，我順著他的眼光看去，流理台上放著揉成一團的抹布和一瓶清潔劑。

「……妳把錄音聽完了，決定自己試試看，是嗎？」鄭以薰一字一句地，「妳知道自己在做什麼嗎？」

小葉學姊揚起冷笑，全身亂顫，但僵直的雙手卻紋風不動，「你在說什麼，我聽不懂。」

我拚命忍住想說話的衝動，鄭以薰的手將我握得更緊了。

「我不知道妳跟陳修萍一家有什麼恩怨，但是妳不該這麼做的。四年前萬德教會的案子有多恐怖妳不是不知道。雖然這次只有三個人，但——」

「你住口。」學姊以一種令人毛骨悚然的尖銳聲音打斷鄭以薰，她將大眼睛瞪得更大，彷彿全身力氣都聚集在眼球之上，她用來遮蓋臉部傷口的長髮竟然在我們面前自主地往後，宛如有一隻無形的手將之撥開。「我的臉！看到了嗎？看到了嗎？是他們不對，是他們先動手的！」

鄭以薰嘆口氣，「傷是會好的。不論是臉上的，還是心裡的。」

「你說得容易！」學姊的聲音更高更尖了，我忍不住用空著的手摀住耳朵。她叫道：「唐玄俊是騙子！從我還是大學生時就騙我騙到現在——你說錯了，死的才不止三個人，是六個，六個！還有三個未成形的胎兒，從我肚子打掉的！他說不能要孩子，他的名譽會完蛋。只要給他時間，跟他老婆離婚之後，我們愛生多少有多少！」

小葉學姊淒厲地尖笑，那聲音彷彿要刺穿我耳膜。

我不得不甩開鄭以薰的手，摀住耳朵。

「妳太傻了。」

「……沒錯，我是白痴……我以爲唐玄俊是我第一個男人，也會是……最後一個……結果呢……他的、他的結論是，他要以家庭爲重，家庭！呵呵呵呵呵呵——」

我沒辦法再待下去，但鄭以薰卻完全不爲所動，彷彿司空見慣。他靜靜地望著小葉學姊，重新牽起我的手。我使勁地搖晃著，想讓他知道我沒辦法，又得忍耐那恐怖的笑聲，又得忍住不開口說話。

「把那本小冊子給我。」鄭以薰向小葉學姊伸出手。

學姊的笑聲戛然而止，「不在我這裡。反正你什麼都知道了，我也懶得騙你，那本小冊子……你應該知道那是什麼……你不用擔心，它還是會出現的。世上痛苦的人那麼那麼多呢，呵呵……」

「妳會爲此付出什麼代價，難道妳還不知道嗎？」鄭以薰沉痛地搖搖頭，在這瞬間我彷彿又看到了聯誼那晚的他，當時也是那麼哀慟的神情。

小葉學姊停止了笑聲，伴隨著我無聲的尖叫，一條鮮紅痕跡從她的眼眶漫出，沿著死白的臉往下。「……我……我已經……不知道……我不能，就是不能……看著他們一家人……像是什麼事都、都沒發生那樣過下去……」

握著鄭以薰的我的手愈來愈用力，那是血吧，小葉學姊到底——

「瑞盈小姐——」鄭以薰似乎把到嘴邊的話吞了下去，他轉身朝我說了句，「來不及了，我們走。」

語畢，鄭以薰便拉著我朝外走，學姊的哭聲從原本的啜泣轉而強烈，即使背對著她，也大概能猜到她正渾身顫抖地痛哭著。

然而就在我們要踏出套房的剎那間——

「蘇怡賢！」學姊以清晰的音量叫住我。

在那一秒我根本來不及反應，回應就要脫口而出，然而鄭以薰似乎早料到了，他使勁將我拉進懷裡，讓我只張開了口卻沒有發出聲音。

我只聞到一股綠茶香氛的清新氣息。

鄭以薰背對著學姊，一手仍牽住我，另一手將我的頭壓往他胸口。

「葉瑞盈，妳太過分了。」

「……鄭大作家，你比我想像中，高明很多……」小葉學姊彷彿從來沒有哭過似的，以明亮的聲音說道，「好吧，不找她也沒關係。多的是人選。」

「……走吧。」鄭以薰幾乎是抱著我離開的。

直到出了大廈，回到車上，我仍不懂這一切究竟是怎麼回事。尤其是最後那一拉一抱，還有，什麼是「多的是人選」？鄭以薰和學姊是在打什麼啞謎？

「我送妳回家。」他發動車，簡單說了一句，「這陣子，如果有人在背後叫妳，妳絕不能出聲回應，知道嗎？」

「我不懂。從剛剛我就不懂。爲什麼你完全不讓我說話？爲什麼學姊會突然叫住我，而且你還一副早就料到的樣子？爲什麼學姊說很多人選，不找我也沒關係？」

「不愧是記者，好奇心還眞強。」鄭以薰嘆口氣，「瑞盈小姐已經被某種邪惡的力量和靈魂控制住。在某些情況下，她會叫喚某個人的姓名，倘若對方不知不覺回應了，那麼她就能取得那個人的魂魄。」

「……」我搖搖頭。

「搖頭是代表不相信，還是不明白？」

「一半一半。」我揉揉額頭，「這麼說起來，阿良沒有看錯，學姊眞的跟女魔頭的老公……爲他墮胎了三次，這麼說，在一起也很長的時間了……」

「所以，有時候痴情並不如想像中的美好。」鄭以薰扶著方向盤，說道，「來重新整理一下吧。首先，瑞盈小姐的感情生活一直有問題，在聽完了妳採訪的錄音之後，也許是心裡怨恨所造成的影響，那股力量從徐智軒先生轉移到了她身上，結果她最後也像徐先生一樣。該怎麼說呢，他們的心態……因爲在現實中無能爲力，所以，只好藉著這種行爲來發洩，但是……後果也許完全出乎意料吧。」

「你所說的我雖然可以理解，不過爲什麼你對於小葉學姊的所作所爲一點都不訝異呢？你的反應也未免太冷靜了吧。難不成，你早就看出什麼跡象了嗎？」我坦白說出心中的疑惑。

「這個嘛，多少看得到一點。」

「……你不只是小說家，其實還是茅山道士兼秘密警察對吧？」

鄭以薰忽然轉頭，朝我一笑。「妳比我想像中還聰明呢，賢賢寶貝。」

「人格一號又出現了。」

「什麼？人格一號？」

「嗯啊，沒有啦，我在自言自語。對了，你等會兒要去刑事警察局嗎？」

「是啊，今天得過去一趟呢。」鄭以薰收起開玩笑的神情，輕輕地嘆了口氣，「看來得找出那本小冊子的來源才可以呢。」

「可以拜託你一件事嗎？」

「還想再被我抱一次嗎？」

沒聽到、我沒聽到。「……徐智軒的遺書被警方拿走了，我想看看。」

「嗯，我也想知道內容呢。如果要去看屍體的話，有興趣嗎？」

「那就免了。」我突然想起被血染成一片鮮紅的唐家，那股令人作嘔的血腥味彷彿又直衝腦門。

□

回到家裡，第一件要做的事就是換上充好電的手機電池。一開機，來電捕手就傳來一堆未接來電。扣除同事們打來的電話，只有一通讓我迫不及待的回電。

「喔唷！大記者還眞忙啊。」曼倫那高八度的嗓音不知爲何讓我覺得好親切。

「曼倫喔，妳找我？」

「係啊，妳怎麼啦？聽起來還沒睡飽哩。」

「就、有點累。」

「那個啊，我有看到新聞喔，那個全家被殺的名嘴陳修萍，是妳主管對吧？」

我閉上眼，「是啊，是我們組長。」

「哇，好誇張呢。」曼倫在手機那端發出比平常更高的音的讚嘆聲。

「記者們應該都去過現場了吧？是不是真的像新聞報導的那麼恐怖？說是血海耶～」

「……兇案現場裡有血跡是很合理的……」不過真的是血海沒錯。

「嗯哼哼，所以說人生啊，真是世事難料。誰會預測到自己的死期呢，而且還是那種死法……」

「幹嘛突然要頓悟？」

「沒啦，只是想到一些事而已。」曼倫說道，「對了，打給妳不是為了要聊八卦啦。妳之前不是託我查萬德教會和中途之家的事情嗎？我們家的名偵探有收穫喔！怎樣，動作很快吧？」

「是是，動作好快喔。是怎樣的收穫啊？快說來聽聽。」

「萬德教會是在大約三十年前成立的，當時只是個在民宅一樓裡，連十字架招牌都沒錢訂做的小教會。後來一位傳道人，我看一下——馮光雄——這個叫馮光雄的傳道人不知道怎麼弄到一大筆捐款，突然教會的規模就變大許多。在馮光雄主導的時期，有一對教友夫婦替教會弄來了一塊土地，蓋了中途之家，並且收容很多孤兒，因為收容孤兒的事有上報，所以當時捐款金額暴增。不過，幾年之後，馮光雄傳道離開了台灣，跟著他一起創建教會的教友們則是統統不知所蹤，奇怪的是，中途之家好像也在一夕間解散似的，孩子們都不知道到哪去了。後來，是附近的長老教會派了牧師去接手，一直經營到現在。」曼倫停了一下，發出喝茶的聲音，接著說道：「那對教友夫婦取得土地的手法好像有點問題，可以查到的是，這對夫婦是詐欺累犯，後來都去坐牢了。」

「中途之家……教會裡的人都不知去向，連那些孩子也都不知道跑哪去了？」

「嗯，目前查到的是這樣。不過，長老教會派人接手萬德教會時，據聞看到保險箱裡的鉅額金錢，完全嚇了一大跳呢。聽說數目非常驚人，而且萬德教會名下的土地買賣也非常多唷。」

「原來如此。」

「大致上是這樣，書面資料我已經請人快遞到妳們報社了。怎樣，我這個老同學還是很夠義氣的吧？」

「是啊，這次多虧妳幫忙呢。」

「那下次記得請我去好好喝一杯。」

「好的，沒問題。」

通話結束後，我帶著手機走進浴室，痛快地洗了個澡。被熱水淋沖的同時，我的腦中盤旋著曼倫方才所說的話。三十年前的萬德教會究竟是如何創立的呢？神秘的教友夫婦到底如何取得土地來興建中途之家呢？教會裡的人爲何最後全都不知所蹤？而中途之家裡的孤兒他們又都去了哪裡？三十年前的萬德教會跟四年前的案件又有什麼關連呢？抑或這一切只是巧合而已？

走出浴室後，我對著鏡子將頭髮吹乾，接著往床上一倒。其實身體並不疲倦，感到無力的是心。腦海裡亂成一團，除了曼倫提到的萬德教會之外，閃現最多的還是小葉學姊那怪異的樣子。事到如今，幾乎可以確定一切就如鄭以薰所說，小葉學姊是因爲和唐玄俊教授的不倫戀，導致了後來的悲劇。不知道小葉學姊到底有沒有意識到，自己召喚出的是極恐怖的力量……

小葉學姊穿著灰色家居服和鮮紅色高跟鞋，在陰暗無比的房間中，長髮半披，曲著手指的模樣實在太駭人，太教人毛骨悚然。我想起她長髮自動撥開，露出蜈蚣般傷口的剎那，方才洗完澡帶來的舒適暖意在瞬間消退得一點不留，我只覺得寒冷異常。

「……原來學姊過得那麼痛苦……」我喃喃自語。

跟教授發生了不倫戀，墮胎，以爲自己還是能有幸福的未來，死心塌地相信那個男人。結果是男人背叛了家，也背叛了學姊。其實女魔——不，組長——組長也是很痛苦的吧？

某種程度上，組長跟我的境遇也差不多呢。

該死的我想起沈仲祺。

這傢伙跟他的新女友是不是還依舊幸福快樂？

「唉。我不是已經走出失戀的陰影了嗎？」我拉過棉被，抱住枕頭。「跟男人比起來，還是枕頭比較可靠，又軟又不會劈腿……」

就在我昏昏欲睡之時，手機不識時宜地大響起來。

本來打算就這麼放著讓鈴聲響下去，但轉念一想，說不定是鄭以薰從刑事警察局打來的，於是在閉著眼的狀況下我摸到了手機，按下通話鍵。

「喂？」

「嗨，我是Mike！方便講話嗎？」

「Mike？喔——Mike！方便哪。」其實一點也不方便，我就快睡著了說。

「妳這週末有空嗎？我們一群朋友要辦烤肉派對，有興趣嗎？在金山朋友的別墅喔，我可以開車去接妳。」

「烤肉派對……週末應該是有空……不過……」腦袋轉動，想要找個藉口推搪，但突然間又覺得自己這樣下去不行。「好啊，我基本上是沒事。」

「太好了，聽說那個朋友的別墅很豪華很漂亮唷。」

我打起精神，「要帶些什麼過去嗎？烤肉的話，要帶飲料還是食材過去呢？」

「這我還沒問。我本來想說，如果妳不去的話我也不去，所以沒仔細問呢，哈哈哈哈。」

「笑成這樣，有這麼喜歡烤肉派對嗎？」

「嘿嘿，是滿喜歡的。」Mike的聲音依舊充滿朝氣，然而我卻完全想不起來他到底長啥樣。沒辦法，那次聯誼讓我印象最深刻的卻是完全陌生的鄭以薰。

「好啦，那你確認好再告訴我，要提前說喔，這樣才有時間準備。」

「我知道了。」Mike補了一句，「海豚說得沒錯，妳眞的好正經八百喔。」

「……我還有事要忙，先這樣吧。」接下來我要打給海豚，問問她到底說了些什麼我的八卦，可惡。

然而總是人算不如天算，計畫趕不上變化，我才開始按通訊錄，鄭以薰就已經來電。看來是沒覺可睡，也沒有機會跟海豚發脾氣了。

「在家嗎？」他問。

「嗯。」

「美女我可以約妳一起去看屍體嗎？」

請不要用那種約看電影的語氣說話！「拜託，昨天晚上才剛看過，而且還是新鮮的。」

「可是今天看的不一樣喔，是徐智軒的唷。怎麼樣？有沒有興趣？」

請不要用那種形容賣座電影的語氣來形容別人的屍體！「一點都沒

有。」

「好吧，不看屍體，那看遺書怎麼樣？」

……爲什麼我覺得我就是無法爽快地答應呢？

爲什麼？！

□

「哈囉，又見面了，這樣一直膩在一起眞令人害羞呢。」鄭以薰雙手摀著臉，「人家都臉紅了～」

「徐智軒的遺書呢？」你到底爲什麼還笑得出來？！

他從外套口袋裡掏出一封用證物袋裝著的白色信封。「需要我爲愛朗讀嗎？」

「你爲死者朗讀好了。眞受不了，給我。」

「等等，這可是證物呢，」他從另一側口袋裡掏出橡膠手套，「先戴上再看吧。」

給怡賢小姐

不會錯的，今天就是我的死期。對於萬德教會發生的事，我已經全部一五一十地告訴妳了。誠如我所說的，對於這一切我既沒有什麼好懊悔，也沒有什麼好難過的。我在意的那個人已經死了，說不定過了今晚後我們就能相會，這是我心裡所想，唯一的念頭。

今天不停地回憶四年前的景況，對於結果我仍沒有任何其他想法，可以說是順其自然吧。但是，我仍有不得不寫下這封信的理由。這理由是什麼呢？就是那三名孩子。至今仍無法理解，那三名孩子是如何將那本小冊子放在我身上的。那三名孩子到底是什麼人呢？他們爲什麼知道小冊子裡的恐怖力量？這些我始終沒辦法想清楚，而且也感受不到任何氣息。他們隱藏得很好。

我所在的房間很小，妳也知道吧，這種地方給予的空間不會超過一坪。多少次我在半夜醒來，想要逃出這裡——倒也不是爲了自由還是更美好的生活——只是無法忍受這種狹窄而已，但是此刻的我卻覺得這裡像是個可愛的小盒子。或許是因爲快要死掉的緣故，思緒突然變得清明和緩。

怨恨憎惡這種情緒的存在，究竟是什麼呢？那還代表著人吧，人哪，人性的存在，我是這麼想的。或許妳會認爲這是開脫之辭，但我總覺得自己比那些不分青紅皀白無差別殺人的傢伙好上許多。我想很多人大概都不會認同這種說法，那些人就像當時在教會慘死的傢伙一樣，抱持著不知爲何的信念活下去，等待著死後的天堂。這麼說來宗教也是交易的一種，你相信我，我就給你希望，不是嗎？不由自主離題了，眞是糟糕。

與妳在這種緣分下相見實在遺憾，盼妳一切順利。

徐智軒

第5話

「如何？」

「你覺得如何？」

「對於他所說的某些話可以理解。」

「究竟，徐智軒的死因是什麼呢？」

「他殺。不知爲何，在午夜前鄰房的病人跑出了房間並且進入了徐智軒的房中，用那位病人自己左臂的義肢狂毆徐智軒致死。那名病人以前是個打手，身高將近一百九十公分，體重也有一百多公斤，在某次意外中失去了左臂，但裝上了義肢。他用拆下來的義肢，把徐智軒打成一攤肉醬。那傢伙的自白說，他連打了半個小時才停手。」鄭以薰淡淡說道，「那個人說，他也不知道自己爲什麼這麼做。巡房人員後來發現時，就看到地上一坨被衣服包裹著的鮮肉泥。那個病人的義肢沾滿了徐智軒的頭髮和碎掉的骨頭，就這樣被扔在地上。那位病人則是回到自己的病房呼呼大睡。」

血液好像逐漸凍結似的。鄭以薰敘述的文句在我腦海裡組成鮮明的畫面，彷彿電影般閃爍著播放。徐智軒的身體以怪異的姿勢倒地，骨頭碰撞到地面時發出了令人作嘔的聲音，被重擊的部位由於內部骨頭碎裂而腫脹，當臟器被打碎時，鮮血充滿力量地頂開他的嘴，狂噴而出。

我摀住嘴，眼眶泛紅，胸口狂跳不已。

「別怕，沒事的。」鄭以薰以溫柔的聲音喃喃說道，「不要去想。」

我放下把嘴部四周按壓得發紅的雙手，不知道說什麼才好。

鄭以薰將遺書慎重地摺好，收藏，雙手放在方向盤上。「接下來，我要去萬德教會看看。本來想問妳要不要一起去，但是看妳這個樣子……我還是自己去好了。」

我按按額頭，「我同學之前有幫我調查過萬德教會的事，這所教會看來很有問題。」

「很有問題？」

「嗯，好像曾經不法取得土地，開設收容兒童的中途之家後卻拋下孩子不管之類的……」

我憑著記憶，將曼倫告訴我的話重述一遍。

鄭以薰一面聆聽，一面用修長的手指輕敲著方向盤，他又變成憂鬱版的鄭以薰了，轉換的速度還眞是快。

「……妳同學說，把資料都寄到報社去了？」

「嗯。」

「那我們先去拿資料，看過再決定吧。」鄭以薰沉靜地說道。

報社裡因爲女魔頭一家的案子忙得翻天覆地，同事阿良把小葉學姊和唐教授的關係也爆了出來。大家不但輪班到小葉學姊家守候，而且還試著偷偷闖進去。我很想很想對著所有人大叫不要吵了，夠了。而學姊腳上那對鮮紅色的高跟鞋不知爲什麼佔據了我的腦海，瘦骨嶙峋的腳套著那雙異常亮眼的鞋，有種詭譎莫名的恐怖感。

「蘇怡賢！妳是跑哪去了？！葉瑞盈有沒有跟妳連絡？聽說今天警察會去找她問話，妳跟她最要好了，怎樣，有沒有最新情報？她眞的跟女魔頭的老公搞在一起對吧？」連珠炮似的問題讓我不知如何回答，我假裝沒聽到同事的問題，逕自拿起了桌上的牛皮紙袋就往外走。

即使自己是記者，但也討厭同事此刻的嘴臉。

出事的不是別人，一位是頂頭上司，另一名「嫌犯」是自家同事……也許我太不專業，不該加入私人感情看待，也許他們那樣拚命挖掘眞相才是正確的，但我在這瞬間只覺得討厭，好討厭。

走出報社後我快步地走向鄭以薰的車，但是在距離他座車幾公尺的地方停了下來。鄭以薰並沒有在車內，而是站在車外，和一名長髮小姐說話。完全基於好奇心，我偷瞄到了那名身材高挑的長髮小姐，卻發現她正是那晚和鄭以薰一同離去的超級美女。想要認錯或者忘記那麼美的女子實在不容易，她精緻無比的臉蛋簡直不像活生生的平凡人類，和鄭以薰一樣深黑透亮的雙眼，同樣也漾著一股空靈感。

「……以薰，我想過了……我……我沒辦法接受，我也不想勉強自己。爲了我，你難道不可以……」

「我說過，這不是我能選擇的。如果可以，我當然也不希望這樣。相信我，我比誰都更想回復到以往的生活。但那不可能。」鄭以薰像是初見的那晚一樣，憂鬱、痛苦，那種令人心痛的神情證明了他的確就是那個晚上我所見到的人。

「那就，算了。」長髮女子以同樣悲傷的神情說著，她從皮包裡拿出太陽眼鏡，戴上，離去。

等女子走遠，鄭以薰以一種放棄的姿態趴在車頂，過了好一會兒，他才抬起頭。尷尬的是，因爲我太忘情地注視著他，忘了找個遮蔽物，結果兩人的視線就這麼對上。

我邁開腳步，很快地上了車。

「可以不要問嗎？」等我坐定，他以一種拜託的口氣說道。

「我知道，我會在心裡慢慢好奇的。」

「哎呀我們怡賢小親親人眞好。」他忽然又被附身了，露出韋小寶似的機靈神情。

沒聽到沒聽到。「這是曼倫寄來的資料。」

「去店裡再慢慢看吧。」他調皮地眨眨眼，一臉歡樂。

□

雖然說要去店裡，但是途中卻繞回鄭以薰家，將三隻卡爾特貓接了出來。牠們是最棒的招財貓喔，而且還可以用來搭訕女生，超棒的。他這麼說。對我這種沒有養過動物的人而言，實在是不知道該說什麼才好。

聞著店裡的咖啡香，看著據聞從荷蘭進口的冰滴咖啡機以緩慢的速度製造咖啡，心裡就有一種以後得慢慢品嚐咖啡才可以的想法，然而這種悠閒的情緒在打開那袋資料後，不到幾秒就煙消雲散了。

「……現在中途之家的土地，是高義明、鄧彩雲夫婦捐出來的，但雖然說是『捐』，實際上應該是『借』，無償借給教會十年。但奇怪的是，高義明、鄧彩雲夫婦因爲詐欺而入獄後，沒多久就亡故，他們的一對兒女也都因意外而死……」鄭以薰放下文件，「一家人全都死了。」

「嗯，長子高華跟有夫之婦在一起，被女友的老公亂刀砍死；長女高晴是出國時遇上當地政變，無辜被反抗軍亂槍射殺。至於高義明本人是在獄中跟獄友打架，頭部撞到水泥牆之後死去，而鄧彩雲也是在牢裡，因爲精神衰弱，趁著大家不注意時割腕自殺。」

「總之，全都不得好死。」

我點點頭，「……你覺得這是巧合，還是……」

「這種巧合也未免太慘了。」鄭以薰指著一份泛黃資料，「這是什麼？」

「我還沒看，好像是當時住在中途之家的孩子的名單吧。說到這個，中途之家的孩子們到底都到哪裡去了呢？」

「看看資料再想吧，說不定會有線索呢。」鄭以薰拿起薄如蟬翼、脆弱不堪的Ａ４紙張，小心地翻閱起來。

第一頁是單純的名單：趙閔志、韓正均、李福瑞、張明睿、余緒冬、黃伊婷、吳桓安、陳曉惠、曹坤蘭、許添、周樂怡、林庭芳。

接著，是宛如學生資料似的個人檔案。雖然說是個人檔案，但因爲是三十年前的資料，黑白相片早就模糊不清，用鋼筆寫上的文字也幾乎褪色，唯一明顯的是，趙閔志、許添、曹坤蘭三個人的資料上，用紅字做了記號。

仔細一看，趙閔志、許添、曹坤蘭三個人都是父母不詳的孩子，其他人至少都有註記生父、生母或者祖父母的姓名，只有這三個孩子完全沒有任何資料。沒有出生年月日，沒有血型，除了姓名和照片之外，什麼都沒有，就連哪天被送來中途之家的紀錄也完全空白。

「這三個孩子的資料幾乎什麼都沒有呢……」鄭以薰喃喃地說。

「是嗎？我看看……」我檢視著孩子的資料，卻發現了在背面用鉛筆記錄著密密麻麻的小數字。我指給鄭以薰看，「……看到這些數字了嗎？」

「啊，這些……像是金額一樣呢。」

幾乎已不可辨認的字跡似乎是由同一人在不同時間依序寫上的，不管是不是金額，這些數字最大到兩萬，最小是六千。

「妳覺得這些數字代表什麼意義？」

「看起來，像是金額紀錄。」我思考著，「可是，養小孩需要花到這麼多錢嗎？」

「……如果是金額的話……」鄭以薰像是想到什麼似的，「那麼，說不定不是花費的紀錄，而是捐款！」

「捐款？如果這些是捐款紀錄的話，那麼這些孩子還真是生財工具啊。我想起來了，曼倫有說過，萬德教會在被接管時，財產金額非常龐大呢。」

「若是用這些可憐的孤兒歛財，那麼真的很該死。」鄭以薰鮮少露出憤怒的表情，此刻卻緊緊皺眉，滿臉怒容，「人類果然比想像中還殘忍。」

我嘆了口氣，「還不知道實際情況呢。」

「對了，萬德教會的創辦者，姓馮的那個傳道牧師呢？」

「好像帶了一大筆錢出國，後來下落不明。」

鄭以薰不知在思考什麼，他靜靜地想著，這時一隻貓靠近鄭以薰，用尾巴掃開桌上的文件，在鄭以薰面前窩了下來。鄭以薰伸手輕輕揉搓貓的額頭，貓咪馬上露出滿意陶醉的幸福表情，看起來就像是在微笑的樣子。

「……這貓還眞享受。」我嘟囔著。

「嗯？妳說我們家雨果啊？」鄭以薰如夢初醒似的，「這些資料可以都給我嗎？」

「你要幹嘛？」

「想查查看，萬德教會到底是個什麼樣的地方，還有它的創辦人是不是也……也死於非命。」

我聽懂了，於是點點頭。「都交給你吧。我也不能再這樣不務正業下去，該回報社去工作了。」

「回去之前，要不要繞到中途之家看看？去參觀一下吧。」鄭以薰揚起好看的笑容，不容我拒絕。

□

中途之家的位置在文山區，在腳程約十分鐘的路口有公車站牌，但是卻每四十分鐘才有一班車。從公車站牌開始，沿著一道不算陡的斜坡往上走，在路旁可以看到一支早已老舊鏽蝕的鐵桿標示，寫著：萬德教會附設中途之家。白底紅字，但白色的部分早就被鐵鏽和塗鴉搞得一片模糊，紅字也已難辨認。

再往上走，就可以看見一大片灰綠色的樹林，而在樹林前方，座落著一棟被拉起封鎖線的大屋，屋外有著大約一點五公尺高的圍牆。鑄鐵大門前被掛上了禁止進入的壓克力牌，但鐵門並未鎖上，只是用封鎖線聊備一格地綁住而已。

鄭以薰停好車，走在我之前，他在鐵門前停下，從外套裡掏出一把瑞士刀，將黃色封鎖線割開，用力推開鐵門。

鐵門像是慘叫的巫婆，發出尖銳刺耳的噪音。

「等一下進去的時候，記得像上次去瑞盈小姐家那樣，不要出聲，若是有人叫妳，也不要回應，明白嗎？」

「你的意思是，這裡也有——」

鄭以薰搖頭，「我不知道，但小心爲上。」他向我伸出手，「走吧。」

如果不是因爲我在走進中途之家前看了看錶，我一定以爲太陽就要下山，陰沉無比的天空像是要垂落似的，雲層低低地盤旋在中途之家上方。

我猶豫了幾秒，但仍將手交給鄭以薰。

在這種時候，我才不理人家誤不誤會。

經過荒蕪已久的寬廣庭院，在還沒有走近主建築物之前，我和鄭以薰便同時聽到了孩子們的嬉笑聲。

這裡還有小朋友在？

我回首望向鐵門，不知何時，鐵門已重新關好，綁住鐵門的封鎖線完好如初。我使勁握住鄭以薰的手，他回頭投給我「別怕」的眼神，我只好靜靜跟著他的腳步，繼續往前進。

天色，像是被拔掉插頭的電燈似的在瞬間完全變暗，然而，卻從樹林裡傳來怪異的微光。鄭以薰不可能沒有見到這一切，但他選擇視而不見，拉著我繞過主屋，想要尋找發出聲音的孩子。

後院十分寬敞，還放置著一座鞦韆。在沒有半點風的情況下，無人的鞦韆竟然在我眼前就這樣擺動起來！

我倒抽了一口氣，鄭以薰捏捏我的手，低語，「他們在這裡。」

鞦韆擺盪了好一會兒，又猛然停了下來，不知道孩子們在哪裡，但是笑鬧的聲音卻愈來愈明顯。

正當我四處張望時，鄭以薰拉了拉我，我順著他所指的方向看去，是圓圈，畫在地上的圓圈，那圓圈非常複雜，上面有各式各樣奇怪的符號，有的圖案似乎也不是符號，反而更像是字母。

「阿斯特洛斯的圓……」鄭以薰皺眉，「這是……」

「叔叔啊，你跑來這裡做什麼？」忽然間，不知從哪冒出了一個小女孩，揚著可愛的微笑，向鄭以薰跑來，「叔叔是什麼人？」

小女孩非常可愛，雙眼亮晶晶的，但衣服卻有點骯髒破舊，款式也不好看，腳上一對紅皮鞋髒兮兮的，在寒冬裡只穿著一件薄薄的格紋洋裝，連襪子也沒有。

「叔叔我是來調查事情的。」鄭以薰淡淡的微笑，「小朋友，爲什麼一個人在這裡玩呢？」

「誰說我是一個人呢？我有朋友，好多好多朋友喔，有樂怡姊姊、小芳姊姊、阿福哥哥、閔志哥哥……」

我心中一驚，這些名字……這些名字不都是三十年前那些中途之家孤兒的名字嗎？

鄭以薰顯然和我有同樣的想法，他牽著我，但更靠近那小女孩，「妹妹妳好，妳叫什麼名字？」

「我是小蘭！」

「小蘭啊，小蘭的全名是什麼呢？」鄭以薰溫柔地問。

「曹、坤、蘭，是曹操的曹喔。」她用力地唸出曹操兩個字。

「曹坤蘭……好棒的名字。」鄭以薰臉上仍掛著笑容，但血色卻瞬間全失。

「妳的朋友呢？他們都在哪裡玩？怎麼沒看見他們呢？」

「怎麼會沒有？叔叔你看。」她指向鞦韆。

順著小女孩指的方向看去，果然，一名看起來像是中學生的男孩，正在推著另一名較瘦小的男孩盪鞦韆。

「這是閔志哥，這是小添哥哥。」小女孩朝著兩名男孩招手，「你們快過來啊。」

兩名男孩面無表情，停下了動作，定定看著我和鄭以薰。

那兩名男孩其實並沒有做出什麼讓人害怕的事，連兇狠的神情也沒顯露出來，但一接觸他們的眼神，我便不由自主地感到一陣強烈的寒意從指尖沿著血管亂竄，渾身像是要一吋吋結凍似的。

「原來是閔志和小添……你們好。」鄭以薰不知是不是對這種怪事司空見慣，竟然還擠得出笑容。

但年紀較長的男孩並不領情，以極冰冷的口吻說了一句：「虛僞的大人。」

「對，沒錯，大人都是壞蛋！」坐在鞦韆上的男孩激動起來，「太壞、太過分了！把我們當作狗一樣對待——不，根本就比狗還不如——」

最年長的男孩冷冷地看著鄭以薰和我，「你們來這裡，是有目的的吧？」

「徐智軒先生死了，在四年前，萬德教會——」

鄭以薰的話還沒說完，就被年紀較大的男孩打斷，「那個，是召喚阿斯特洛斯的代價啊，最終，靈魂都是會被收去的。」

鄭以薰直視著他，「那你們呢？你們，也不是這世上的人吧？」

那男孩咧嘴笑了，「我們不一樣喔，叔叔。」

「那本畫有惡魔圓圈的小冊子是從哪裡來的？」鄭以薰又問道。

「那是聖誕老公公送給我們的唷。」小女孩伸手拉著鄭以薰，她眨著大眼睛，說道，「聖誕老公公、是聖誕老公公喔。」

「什麼？聖誕老公公，他怎麼可能是……」

鄭以薰的問題和我的疑問完全一致，阿斯特洛斯不是所謂的惡魔嗎？怎麼可能是孩子口中的聖誕老人呢？

「叔叔跟阿姨不相信嗎？那閔志哥，我們帶他們去看看好不好？這叔叔的手很溫暖，他不是壞人。」小女孩轉頭問著站在鞦韆旁的男孩。

「……妳想帶他們去，就去吧。」名叫閔志的男孩轉過頭去不看我們，

「妳去就好，我可不想再重溫一次那時的景象。」

「那，小蘭，我陪妳去吧。」年紀居中的男孩向我們走了過來，伸直手臂指向大屋的一扇木門，說道，「既然好奇，就讓你們看看。」

「閔志哥，你也一起來嘛。」小蘭拉住了站在鞦韆旁的男孩，不理他臉上充滿著不情願。

看著這三個孩子，我的心裡既沒有感到害怕，也不覺得激動，或者有什麼特別的想法，僅僅浮上一個疑問：他們到底是什麼？

屋裡非常暗。

首先刺入鼻中的是一股難聞的氣味。像是泡在水桶裡的腐敗菜餚，空氣滯悶黏膩，那氣味無聲息地貼附在皮膚之上，令人覺得噁心無比。

雖然暗，但似乎在某處有著燈光，一點點潰散的亮光使我可以看清楚周圍。牆壁似乎是原始的水泥色澤，但是在眼前這條走道兩側的牆上，充滿了各式污漬，有小孩的、被拉長的手印，還有深咖啡色、接近黑色的一灘灘髒污。地板是木質的，因此更可以明顯感到凹凸不平。

小添走在我們前面，指著走道盡頭一扇掛著大鎖的鐵門。「去看看那裡，那個是我們的房間喔。」他並沒有前進的意思。

鄭以薰讓我走在他身後，我緊緊地牽著他的手。

愈靠近門，惡臭愈強烈——怎麼會讓孩子住在這麼髒的地方呢？

走近才知道，那扇鐵門上方是柵欄式的設計，方便讓管理員可以清楚看到房裡的情況。微弱的哭泣聲從門內傳來。

鄭以薰不發一語地推開厚重的門，只見約莫兩三坪大的房間裡空無一物，卻有好幾名大大小小的孩子蜷縮在角落，孩子們彷彿沒有發現鄭以薰和我。沒有任何傢俱，光禿禿冰冷的水泥牆上也有著骯髒的污痕，當然，這裡也沒有燈或窗戶。所有孩子都髒兮兮的，有的一語不發蹲在角落裡，有的不停發出接近嘶啞的哭泣。看他們的樣子，身上都只穿著單薄的上衣和褲子，有兩三個孩子緊緊挨在一起，不停地呵手取暖，他們看起來並不像是智力受損的兒童，但眼神卻異樣的空洞呆滯，全都瘦骨嶙峋，皮膚發黃。

這時，一道人影如霧般飄過，是一名穿著牧師襯衫的男子。我連忙用手摀住嘴，免得自己瘋狂尖叫。雖然知道自己此行可能會見到不可思議的情景，但卻從來沒想過會看到眞正的鬼靈！

牧師模樣的男人身影原本如霧般淡薄，但在進入房內後，逐漸變得厚實，他手上端著一碗剩菜般的東西，原本靜止不動的孩子們全都眼前一亮，等男人將大碗朝地下一扔時，所有孩子便蜂擁而上、用小小的手拚命搶食那幾乎不能稱之爲食物的渣滓。

「看看你們這群髒鬼，有這麼餓嗎？哈哈，好吃嗎？好吃嗎？」男人大笑著拉開褲子拉鏈，竟然不顧正在搶食的孩子，朝著大碗射出尿液。那群孩子中的一兩個帶著恨意瞪向那男人，男人隨即發狠踢翻大碗。殘渣剩菜撒了一地，在碗翻倒的同時，幾隻蟑螂從菜渣堆中快速亂奔逃竄。

除了年紀稍大一點的某個男孩，其他孩子餓到不顧一切，用他們小而骯髒的手從地上抓撈食物、塞進口中。

仔細一看，唯一一名不再搶食的男孩，正是小女孩口中的閔志哥哥。

「喂，小鬼，怎麼樣？竟敢用這種眼神看我？你還搞不清楚狀況嗎？我可是賞你們這群小雜種飯吃的恩人哪！」

男人大步走向閔志，一把抓起他，接著以快速的動作將他往前一拋，閔志瘦削的身體在下一秒即以不自然的姿勢重重摔向地面，發出恐怖的骨頭撞擊聲。男人趕上前，左腳重重踩上閔志背脊，彎下腰將閔志的手臂猛然往後一扯，閔志悶吭一聲，嘴唇被咬出血來，臉上盡是痛苦神色。

面對這麼殘忍的景象，我和鄭以薰都不忍再看，但其他孩子們卻仍只顧著將地板上混合著尿液的菜汁舔食乾淨。原來，這種恐怖的景象對他們而言早就習以爲常了嗎？

男人仍沒有停手的跡象。即使閔志的手因內出血已開始發紅變腫，男人仍不停地重踏著閔志的後背，閔志全身因此格格作響，直到閔志忍不住噴出一口血沫，他才得意地大笑，摔開閔志的手臂。男人離去前以睥睨的目光掃視著房裡的孩子，兩個年紀像是小學五、六年級的男孩一接觸到他的目光，便嚇得直打哆嗦。

男人皮笑肉不笑地走近一名較高的男孩，男孩想逃，但被他粗大的手掌緊緊抓住上臂，這時另一名只有七、八歲左右的男孩飛奔上前，抱住男人的腿，努力地擠出笑容。

「緒冬哥身體不舒服，我可以！我代替他！拜託你，不要找緒冬哥哥……」

「滾遠點！老子想玩誰就玩誰！」男人一腳飛踹，男孩近乎紙片的身體就連掉落在地時都寂靜無聲。

男人換另一隻手抓住名喚緒冬的男孩，像拖行垃圾袋似地將他拖離房間。有的孩子帶著恨意看著他的背影，另外的孩子在男人走出去後，才敢靠近閔志和剛剛那名被踹飛的小男孩。

小男孩的額頭撞到了牆，在灰色的牆上留下了一小灘猩紅。

我感到臉上熱熱的，連忙用手抹了抹。不知何時鄭以薰鬆開了我的手，改環繞住我的肩，他輕輕拍著我，臉上也是不忿和難過。

像是電影鏡頭變換似的，房裡的景象突然一變，一名男孩癱坐在牆角，頭部朝左邊以不正常的角度扭轉，髮際的血塊凝結，軟軟垂著的手指指甲碎裂，張開的雙腿前有一灘略帶黃白色的嘔吐物。閔志將其他孩子一個個拉離那名男孩跟前。

「死掉了。不要看。」閔志的鼻樑不知何時被打斷了，因此講話時透著一股悶響。

「小正哥哥……」女孩們哭個不停。

「……哭什麼，死掉還比較好……」閔志注視著男孩的屍體，靜靜地以濃重的鼻音說著。

……有個矮小的女孩顫抖著、尿出來了。

寒冷和悲傷的情緒正如幾千幾萬尖針般刺向我。

對這群可憐孩子的同情完全讓我忘了應當恐懼、害怕。

他們到底做錯了什麼呢？

爲什麼要這樣對待他們？

怎麼可以這樣對待他們？

這時，小添的聲音從我和鄭以薰背後傳來，「走吧，去看點別的。」

鄭以薰沒說話，抱著我的肩膀一起步出這宛如地獄的房間。

穿過長長的走道，來到一處像是會客室般的地方。和剛剛房間完全不同，這間寬敞明亮的房裡透著令人放鬆的食物香氣，木地板上鋪著厚實的長毛地毯，正中央對擺著兩張深褐色的三人座皮沙發，並附上幾只布製靠墊。

主要牆面上掛著樸素但看起來材質貴重的十字架，牆上裝飾著洋溢著美式鄉村情調的可愛十字繡。角落處有一組高大的聖誕樹，樹下堆滿了禮物，金色和銀色的彩帶將樹團團圍繞，上面吊掛著常見的小天使裝飾。天花板上裝設著一盞帶有風扇葉片的美麗吊燈，窗簾是柔和的純白棉紗製成，和印有小碎花圖案的壁紙非常相襯。擺在沙發旁茶几上的，是一只大大的藤籃，裡面放滿了各式各樣的美味麵包和糖果，以及充滿卡通感的棒棒糖。這裡就像是森林家族遊戲裡會出現的場景，也像是裝潢雜誌裡介紹的美式鄉村風住宅。

兩名穿著高級服飾、看不清面貌的婦人身影在沙發上出現，方才那個牧師模樣的男人坐在婦人們的對面，帶著無比謙虛和善的面容微笑著。

「……您也知道，要照顧這些被父母拋棄的孩子，實在是不容易啊……缺乏經濟上的援助實在是令人心痛啊……這些孩子不知道有多可憐呢……被自己的父母拋棄，因爲教會經費不足，也只能勉強溫飽，根本沒辦法過著像其他孩子一樣想要什麼都可以的童年……有幾個孩子還因此心理受到了傷害，有點偏差。」

「馮傳道眞是辛苦了。」婦人之一說道，口吻充滿了高人一等的自傲，

「眞該帶我兒子來這裡看看的，他才會知道自己原來過著王子般的生活。平常還嫌東嫌西的呢，不是吵著要出國就是吵著要買新玩具。」

另一位婦人說道：「話說回來，要教養這些小孩很累吧？那種父母生的孩子，本質上也好不到哪裡去……俗話說得好，龍生龍鳳生鳳……罪犯還是妓女生的孩子，我看身上也流著不怎樣的血液吧。所謂遺傳啊、基因啊，這種東西是不能否認的。」

「呵呵呵，說的是啊。所以這種小孩還是讓教會收容比較好，我眞不敢想像如果我們家寶貝跟這種小孩交朋友，會有什麼恐怖的後果。」

「想也知道，一定會被帶壞的嘛！」

男人搓著手，匆匆地走出房間，拉著兩名打扮得十分整潔的孩子進房，他在婦人視線看不到之處，狠狠地擰了了孩子一下。

兩名孩子像是行屍走肉一般，臉上架起毫無存在感的笑容，目光緊緊盯著放在茶几上的食物籃。

「這是孩子們推舉出來的代表，要向兩位善心的夫人致謝。」男人推了推孩子，一面大言不慚地說道：「不好意思，他們都很害羞。」

即使孩子洗過澡、換上了乾淨的衣物、外表修飾得十分整齊，但兩名貴婦似乎仍不想讓孩子靠近，彷彿會弄髒了圍繞在她們身邊特別高貴的空氣。婦人之一帶著審視動物般的眼光隨便打量孩子們，接著，從名牌手提包裡掏出支票本。

「今年比去年又多收容了五、六個孩子，所以，希望能在金額上……」

「是嗎？好吧，反正少吃一頓法國菜就有了吧。」婦人挑挑眉，用鑲著眞鑽的名牌鑽筆寫下了金額。

男人接過兩名婦人遞來的支票，忙不迭地哈腰致謝，口裡喃唸著聖號，將他一生所學會的所有祝福全部獻上。等婦人離開之後，兩名孩子迫不及待衝向食物籃，沒命似地將食物塞進嘴裡，連咀嚼都來不及，只顧著塞、塞、塞。

男人送兩名婦人出門後，回到房間，看見狼吞虎嚥的孩子們，揚起手就是一陣痛打，孩子弓起背任男人拳如雨下，皺著眉死命地吃著啃著，直到因爲承受不住劇痛、吐出了還沒咬碎的大塊麵包，才狼狽地蹲在地上。男人這時解開腰上的皮帶，猛然朝還站著的孩子後腦一抽，鮮血和黑髮馬上沾上了皮帶的金屬扣環。

「還沒完呢……接下來，才是你們最想最想知道的部分……」小添擦了擦眼淚。

我看了鄭以薰一眼，後者點點頭。

我向小添伸出手，好不容易才發出聲音，「請你帶我們去看，好嗎？」

小添看著鄭以薰和我，遲疑了一下，接著他牽起我的手，我感到一陣透骨的冰涼。

這次走回了原本的房間。

男人站在房門口，朝房裡丟了兩床滿是潮濕抹布氣味的棉被。

「只有兩條被子，不夠……」閔志握緊了拳頭，大叫，「你沒看到小芳她們都在發燒嗎？兩條被子我們這麼多人不夠蓋啊！難道你要看到我們都凍死才甘心嗎？」

男人微笑著，「最近好像又長高了嘛，閔志，以爲自己很了不起，是個男人了嗎？唉呀，你怎麼就是學不乖呢？」

男人說話的同時，閔志的右腹馬上受到了拳頭重擊，接著男人左腳飛起，朝他的下巴踢去，閔志倒退了兩步才向後倒去。男人趕上前，用腳重踩閔志頸部的關節，鮮血隨即從閔志的鼻中和口中流出。

「……求求你，不要再打閔志哥了……」一名怯弱的女孩哭著跪下，「是我們不好，求求你不要再打閔志哥、不要打了……他都……他都已經快要爬不起來了……今天是聖誕節……求求你，至少今天……不要……」

「求求你、求求你……」孩子們紛紛跟進，跪下來拜求著男人住手。眼淚流滿了這群孩子瘦黃的小臉，他們不停地哭著，喃喃重複著懇求。

「喔，還知道是聖誕節啊？嗯哈哈哈，每天都在數日子，是嗎？反正，我還有事要忙，把時間浪費在這裡實在太愚蠢了。」男人自顧自說著，同時蹲了下來，抓起閔志的頭髮，再將他的臉狠狠撞至地板上，「收下吧，這是禮物。」

男人離去前慎重地將門鎖上，心情十分愉悅似地哼著〈平安夜〉，慢慢踱步離去。即使知道眼前的一切都是虛幻，但我仍想衝上前痛揍那男人一頓，怎麼可以，怎麼可以如此泯滅人性？！

這時房裡的孩子們有的去扶起閔志，有的把被子蓋在角落看似生病小女孩身上。原本意識似乎已經有點模糊的小女孩微睜開眼，想把被子推走。

「……這樣，你們就沒得蓋了……」

「我們一點都不冷噢。」年紀較長的女孩柔聲說道，「快睡吧，我們眞的都不冷，快睡，多休息才會好。」

即使只有兩條又臭又髒的破被子，但孩子們還是十分滿足地窩在一起。他們背靠著牆，讓年紀最小的孩子睡中間，又把破被子橫過來蓋，好讓大家盡可能都分到一點溫暖。最令我心痛的是，只一件薄薄的被子，便有幾個孩子高興得笑了，興奮地把臉在上面磨蹭著。

而被痛揍的閔志，深怕把被子弄得更髒，一直等到血不再流，用衣袖把臉上的血抹乾，才緩緩走向大家替他留好的位置。

「大家都有蓋好吧？」閔志把腳往被子裡縮，但仍有一大部分的身體露在外面。

「都蓋好了。」

「那麼早點睡吧。」

閔志的話語裡隱含著一抹苦澀。聖誕節。姑且不論富有還是清寒的人家，在這樣的節日裡再怎麼樣至少還有父母陪伴，還有朋友同學，還有自由。即使沒錢過節，但一般的孩子還可以上街到處看看，過過癮，幻想一下明年的聖誕可以跟聖誕老公公要求些什麼；但是在這裡的孩子像是被圈養的畜牲，只拿到破爛發霉的被子，就興奮得不得了。他們早就失去了希望，就連幻想自己可以獲得幸福的力氣都完全喪失。

在連窗戶都沒有的骯髒房間裡，聖誕節是無比諷刺的存在。

孩子們入睡之後，閔志似乎還沒睡著，他終於露出了疼痛的表情，眼淚就這樣寂靜無聲地滴落。

不知過了多久，閔志像是聽到什麼似的挺直了背，他警覺地看著四周，接著露出了不可思議的表情。

而鄭以薰和我，則看到了一名身穿黑色聖誕老人衣著、戴著聖誕老人面具的男子，揹著童話裡的那種大袋子，輕輕地穿越了鐵門，來到閔志面前。貌似聖誕老人的男子在嘴唇前豎起手指，示意閔志不要作聲。

閔志驚訝地說不出話，過了好一會兒才困難地稍微點了點頭。

黑色的聖誕老人蹲了下來，隔著面具，以低沉而充滿慈愛的嗓音開口，

「很辛苦吧？可憐的孩子。」

閔志的眼淚突然奔流而下，無聲地大哭。

黑色聖誕老人很疼惜似地摸了摸閔志的臉，在他摸過的部分，傷口和瘀青全都消失了。「不要怕，我帶了禮物來給乖孩子唷。你是好孩子呢，即使他們不是你的兄弟姊妹，你依然照顧他們，眞棒。」說著，黑色的聖誕老人從大布袋中翻找了半天，拿出一塊麵包，「很餓吧？吃這個吧，吃了就不會餓了。」

閔志開心地接過，但就在他要將麵包放入口中時，動作停了下來，他望著黑色的聖誕老人，「我，可不可以把麵包還你，選別的禮物？」

黑色的聖誕老人露出訝異的神情，「還有更想要的嗎？好吧，我們閔志實在很乖巧，就讓你換吧。想要什麼呢？吃的、玩的、穿的，這袋子裡什麼都有喔。」

「那，請給我一把最銳利的刀。」閔志堅定地說，「我想要刀。」

黑色的聖誕老人以某種充滿試探的語氣問道：「要刀做什麼呢？」

「想要逃出去，就必須有刀。」閔志雙眼發光，「我要殺了那男人。」

「是這樣啊，呵呵呵。」黑色聖誕老人發出耳熟的笑聲，接著從布袋裡掏摸了許久，好不容易才拿出一本小冊子。「喏，這個給你。」

「我不要書，我要刀。」閔志抗議道。

「這個比刀更好喔，只要按照上面的圖，在地板上畫出來，加上你的血，那個大壞蛋就會死得很慘很慘喔。怎麼樣，很棒吧？要給你刀子也不是不可以，但是說不定很快就會被發現，或者反而先被他殺掉喔。你如果死了，剩下的孩子就更慘了，對吧？所以啊，用這個比較好。」

閔志猶豫了一會兒，把麵包還給了聖誕老人，拿過那本小冊子，「好。」

黑色聖誕老人把麵包塞回閔志另一隻手，「也給你吧，快吃喔，聖誕快樂。」

「謝……」閔志的話還沒說完，黑色的聖誕老人就如同從未出現過似的原地消失了。

閔志看著左手的麵包和右手的小冊子，想了想後便把小冊子塞進衣袋裡，接著便狼吞虎嚥地吃光了比他手掌還大一倍有餘的麵包。

就在這時，我的眼前突然變得一片漆黑。

尾聲

眼前恢復光亮之後，我發現自己和鄭以薰又重新回到了中途之家的後院。鄭以薰仍環抱著我的肩，而三位小朋友也站在鞦韆旁，靜靜地注視著我們。

「那傢伙，就像用雨傘尖端把可憐小鳥戳得肚破腸流、藉以獲得樂趣的人。」閔志說著，豆大的淚珠沿著他清秀的臉龐滾下，「我拿到小冊子之後，一開始本還是不相信的……那人，完全不理會生病的小芳，後來小芳就這麼死掉了。結果他丟下了一點點的食物和水，也沒有把死去的小芳屍體埋葬，就這麼出去旅行了，小芳的屍體，在那半個月當中就跟我們共處一室，看著小芳慢慢慢慢腐爛。後來，沒有水沒有食物，大家就慢慢的餓死。我，用所有人的血畫了圓圈……」當閔志這麼說時，附近開始聚集愈來愈多的孩子身影，有高有矮，有男有女。閔志頓了頓，「我畫完圓圈，之後就什麼都不知道了。是死掉了吧，死掉也好。比活著來得好。你們還有什麼想知道的？」

「……那本小冊子……」鄭以薰緩緩問道，「爲什麼會到徐智軒手上呢？」

閔志搖頭，「等我畫完圓圈，小冊子就不見了。我不知道。」

「但他說過，是你們三個把小冊子給他的。」

「沒有，眞的沒有。說不定，是別的……呃，靈魂。」閔志大概不打算自稱「鬼魂」吧。

「我們只是繼續住在這裡，什麼都沒有做！」小蘭突然說道，「我們不是壞孩子！」

「嗯嗯，我懂。」鄭以薰溫柔地說道，「叔叔只是想把事情弄清楚，才會來這裡拜訪。」

「叔叔，你不會趕我們走吧？」小添問道。

鄭以薰還未來得及答話，閔志便說道：「他不會的。他自己也是啊，比任何人都更了解我們的情況。」

「啊？」我不能理解閔志的話，轉頭看向鄭以薰。

鄭以薰沒理會我，只是苦笑，「叔叔不會趕你們走的。但是，你們也要向叔叔保證，會一直乖乖待在這裡，不和任何人接觸。做得到嗎？」

閔志和小添、小蘭先後點了點頭。

「對了，在叔叔臨走前，還有件事想問問你們……」鄭以薰說道，「你們見過那位徐智軒叔叔吧？他來過一次，是來拜訪那位暫時住在這裡的姊姊。」

小蘭噗一聲笑了，「那個笨蛋叔叔嗎？是啊，我記得！另外叔叔說的是芳雨姊姊吧？她還在這裡唷。」

我問道：「徐智軒叔叔說她因爲難產死在這裡，是這樣的嗎？如果是這樣，那麼她的屍體呢？還有當年，你們……你們的屍體呢？」

「屍體嗎，這個我知道。」小添說道，「被黑色的聖誕老人裝進大布袋了。我想我看到的，跟閔志哥看到的一樣吧，穿著黑色老公公服裝，戴黑色帽子，還有聖誕老公公面具的人……他把芳雨姊姊的屍體塞進布袋裡，後來就消失了。不過，芳雨姊姊還在這裡呀。」他指著中途之家的二樓，一扇半開的窗戶。

我感到一股冰冷的寒意在後背亂竄。

「原來如此……我知道了。謝謝你們。」鄭以薰不忘叮囑，「要記得和叔叔的約定喔，知道嗎？」

「好。」孩子們聽話地再度點頭。

在中途之家的後院裡，孩子們的靈魂全都一一現身，他們依舊瘦弱，但眼神卻不再充滿痛苦與恐懼。我的視線掃過他們的臉，心裡湧上的只有安慰，並沒有一絲想責怪他們的念頭。這種心情到底是對還是錯，此刻的我已經無法判斷。

離開中途之家時，我聽到身後傳來一陣陣孩子們的嬉笑聲，然而連結到我腦海中的，卻是剛才看到的一連串殘酷畫面。我站在鄭以薰的車旁，只覺得身心俱疲，直到這時，他才鬆開我的肩，預備走到另一側上車。

「蘇怡賢。」

忽然間聽到有人在背後叫我。

「不！」

鄭以薰的猛然大吼嚇得我把原本已到嘴邊的回應硬生生卡住，鄭以薰一個箭步衝回我身邊，勾住我的手腕，迴身朝向聲音來源——但，我身後空無一人，只有樹林因風聲而沙沙作響，我想起鄭以薰所說過的話：「……在某些情況下，她會叫喚某個人的姓名，倘若對方不知不覺回應了，那麼她就能取得那個人的魂魄……」

一時間只覺得毛骨悚然。

我避進鄭以薰懷中，「那、那個聲音……」

「好了，現在沒事了。」鄭以薰輕拍著我的背，「不怕，不怕。」

「……以後，還會再出現吧，那個聲音？」

跟萬德教會的事件比起來，我害怕的卻只有那束恐怖的奪魂之聲。萬德教會的事件起因和我並無關連，然而那束聲音卻是衝著我來的呀！

鄭以薰按著我的肩，「應該不會。聽老人家說，除非對方跟妳有很大的冤仇要索命，不然的話，會放棄，去找新目標。」

「……那個聲音，是小葉學姊吧？」

「嗯，我想是吧。」鄭以薰語重心長，「她已經不是我們認識的葉瑞盈了。經過今天之後妳應該能理解，仇恨的力量有多麼強大。」

「這時候我應該接話說，但是愛的力量更強大嗎？」我嘆了口氣。

鄭以薰淺淺一笑，「那就要看妳相不相信了。」

上車前我回頭再望向中途之家一眼，耳邊已聽不見孩子們的聲音，此刻這棟擁有圍牆的高聳大屋也僅僅以一種孤絕於世的姿態昂然聳立，宛若一塊巨大的墓碑；而屋頂的十字架帶給我無奈悲戚的傷感，這種傷心是來自於對人性的絕望吧，我是這麼想的。

□

那天晚上，小葉學姊獨自來到了警局自首，表示唐玄俊、陳修萍一家三口滅門案是她所為。由於她的動機充分，警方高調地宣佈破案，媒體界一片譁然，接連兩三個星期的談話性節目都邀請了許多很可能只跟當事人有一面之緣但卻假裝很熟的來賓上節目。其中還有我大學時代的學長姊，他們在節目上侃侃而談、一口咬定唐教授對漂亮女學生特別好，無疑是個色狼云云。另外還有幾個同事轉番上陣，在陳修萍屍骨未寒時大罵特罵，完全將她在社裡的行為描述成終極加強版的武則天。理所當然的，他們也把小葉學姊形容成人盡可夫的狐狸精。

對於眼前發生的一切我不置可否，只是默默地把製作單位打來邀請我上節目的電話掛斷，然後繼續過我的日子。每當我上班下班，經過小葉學姊的位子時，我就會想起最後一次一起吃涮涮鍋的情景。我衷心盼望她不會看到那些扭曲事實到極點的節目，不知為何，我還是希望她能保有最後一點平靜——至少，在下一次的二月二十九日來臨時之前。

徐智軒的死亡倒是沒有引起多大的注意，據鄭以薰所說，警方草草結案了；殺害他的另一名病患被送到戒護更森嚴的醫院，所能做的也僅此而已。其實小葉學姊的事也一樣，警方其實根本拿不出證據證明一個弱女子是怎麼謀殺一家三口的，但最後還是想盡辦法結案處理。

至於三十年前在萬德教會虐待孩子的那個該死傢伙，據鄭以薰拜託朋友調查的結果，聽說那名傳道人輾轉遷往日本，後來在自宅中被一群闖入的中學生以球棒和竹劍狂毆致死。

「……聽說被打得連眼珠都掉出來了。臂骨也斷裂，屍體像個關節全都鬆脫的破爛娃娃，被折斷的手腕拉得老長。」鄭以薰對我這麼說，「而且那群學生事後竟然沒有一個人記得自己做過些什麼。」

「……如果我說他死得好，這樣會不會很惡毒？」

「我還嫌他死得不夠慘呢。」鄭以薰淡淡一笑。

「不過，你的勢力也未免太龐大了吧……竟然連日本那邊都……」

「因爲，我的網友是東京都有名的法醫嘛。」這是他第一次老實說出自己的人脈。

「……原來如此。」

□

陽光灑進落地窗，蜷窩在沙發一角的卡爾特藍貓伸了個懶腰，臉上明顯露出被嚴重打擾的神情，牠緩緩站起，轉了一圈之後又窩好身子，試圖重新進入睡眠。

今天的「日昇山坡」格外熱鬧，室外室內都蜂湧進不少人潮和藝文版記者，其中還有某家出版社的總編和工作人員，此外，店裡還塞滿了各年齡層的鄭以薰書迷，而且女性所佔的比例異常地高。我果然小看了這位「鄭以薰老師」。

今天是他的新書《0229》的發表會，由於是超暢銷作家，因此簽名排隊的人龍在店外已繞了好幾圈，嚴重妨害交通。

我被人潮擠到店內一角，緊緊貼牆站著，幸好鄭以薰有先見之明，在早上就把新書丟進我家信箱，我才得以免於排隊。我從包包裡拿出昨天才印好的小說，看著印刷精美充滿設計感的封面，忽然間有種奇妙而非現實的感覺。

其實至今還有些謎底不能算是完全解開，例如黑色的聖誕老人是怎麼一回事、那本小冊子是否會在四年之後又出現在某處、小葉學姊接下來會不會走上徐智軒的舊路……

想著想著，我身後的女孩突然伸手推了我一把，「前面的人都往前了，妳怎麼還不動？」

「這裡是簽名的隊伍嗎？」

「不然咧？」她沒好氣地白了我一眼。

我聳聳肩，「那我不需要。」

就在我想盡辦法要走出水洩不通的日昇山坡時，我從落地窗往外看到了一張熟悉的臉。在陽光下長髮染成亞麻色，化著濃妝的漂亮女孩將《0229》

抱在胸口，在排隊的人龍中十分亮眼。

我不會認錯的。

這位小姐不正是當初介入我和沈仲祺之間的那位「小妹妹」嗎？

不知爲何我對她的恨意或者埋怨在瞬間煙消雲散，我注視著她的精緻妝容，忽然覺得彼此也不過都是一般人罷了。到底這種心情從何而來我不清楚，但我打消了走到店外的念頭，在貓睡覺的那張雙人沙發上坐下。

陽光有點刺眼。

現在是三月了呢。

在溫暖明亮得會讓人誤會世界必然美好的春日陽光下閱讀恐怖小說到底會有什麼感覺呢？

我一面這樣想著，一面翻開了《0229》。

鬆軟的厚磅米色道林紙上印著：

人物純屬虛構．故事皆爲眞實

這是個春日的下午，陽光和煦。我坐在人滿爲患的咖啡店裡，身邊有一頭努力熟睡的貓，手上有一本暢銷作家的新書，而窗外的初春，正翩然降臨。

本篇終了

下集待續

羽衣シリーズ・番外
——霧島，想告白

「什麼？你說什麼？」

森崎像是被尖銳的針狠狠扎傷，從座椅上彈跳起來，雙手撐在桌面上，他清楚感到血液衝上了腦門。

坐在森崎書桌對面，一如往常般冰冷如南極的霧島，以完全不含溫度的目光注視著森崎。「你的反應出乎我想像的劇烈。」

森崎瞪視著霧島，半晌，似乎終於察覺自己的反應不合情理，於是全身一鬆，跌回椅上。

霧島淡淡地說道：「有這麼困擾嗎？我還以爲這只是件小事而已呢……」

「……但是，」森崎內心複雜的情緒起伏完全表現在臉上，「我，該怎麼說呢……我完全沒有想過，霧島你，你會……」

「雖然說年齡大概差了十歲，但除此之外，並沒有什麼不可以喜歡那個人的原因。而且，年齡這種問題，只要雙方不在意，也不會構成太大的問題。」

「話雖如此，但是柴田她……」森崎完全不知道該找什麼藉口回絕，說到一半便說不下去了。

「柴田小姐很信任你不是嗎？既是教授，又是她打工的上司，之前還一起經歷了某些事件，雙方應該擁有很深的信任才對。」

森崎苦笑，完全無法反駁。「是的，你說的完全沒錯。」而且她和我還是同一種人呢，擁有同樣被詛咒的能力。森崎心想。

霧島難得地揚起笑容，「那麼，你正是最好的人選哪。就拜託你幫我打聽看看。我想，柴田小姐現在應該沒有交往中的對象吧？」

「……我想是沒有。但是，她養貓，霧島你不喜歡貓對吧？」

「如果是柴田小姐喜歡的，我想我會努力試著去喜歡。」

這簡直令人無法想像！森崎不知爲何，心裡充斥著不悅，但森崎也很明白，不管從哪個角度來看，自己都沒有能夠理直氣壯生氣的理由。

「……我還是不懂，你跟柴田……這樣說好了，霧島你是從什麼時候開始，對柴田產生了……」愛意這個詞，森崎無論如何都說不出口。

霧島失笑，「你竟然會好奇這種事？」

森崎沒好氣答道：「不可以嗎？」

「會好奇也是應該的。」霧島收起笑容，正色說道，「第一次見到柴田小姐的時候，心裡就產生了一種想法：如果是柴田小姐的話，說不定能夠帶給我溫暖。」

這句話彷彿一記重拳猛然地打擊在森崎的小腹上。

正如霧島所想的，柴田的確能帶給人溫暖——自己不正是受益者嗎？柴田那不帶任何雜念的單純擁抱是如此的安詳，如海洋般沉靜。

「……其實我自己都覺得不可思議呢。」霧島忽然寂靜地微笑，「我從來沒想過，自己有可能想跟某個人一起生活。一起看電視，一起吃早餐，一起談論日常生活的事，一起想著去哪裡走走才好，一起去超市。」

「你不像是會去超市的人。」森崎沒好氣地說。

「嗯。其實我一次也沒去過。但是現在，出現了一個讓我想改變的人。那就是她。」

森崎望著霧島，「但是，柴田並不見得和你有相同的感覺。」

「這是當然的吧。所以，在求婚之前，我會好好追求她的。」

「求、求婚？」

森崎如今想到的不是身穿白紗的柴田，而是柴田就和自己一樣，倘若結婚，勢必得完全接受對方的一切黑暗和所有心思。

在擁抱時能夠清楚知道對方在想著別的事；即使對方笑得再開懷，只要一觸碰就能揭穿那不是眞心的笑。當然也有快樂的時候，但那卻少得連可憐都不足形容。

「很久沒見到柴田了吧？」森崎問。

「快半年了。」

「這段時間，你的想法……」突然之間，森崎不知該如何問下去才好。

「一開始我自己也非常訝異。而且覺得必定會失敗。但是，失敗又有什麼關係呢？孑然一身的我還有什麼好失去的？即使被拒絕了，也不過就是繼續過著這樣的日子而已。」

「霧島你……」

「我和你、梶谷不同，我是從來對戀愛沒有特別興趣的人。應該說，沒有什麼人能打動我，但是柴田小姐跟所有人都不一樣。我總覺得，她的笑容裡深藏著很多東西，我想去探究。」

「如果探究之後發現那些東西令人討厭，那怎麼辦呢？」

霧島收起難得的笑容，冷冷地看著森崎，「爲什麼我總覺得你好像不是很樂意幫忙？」

「因爲，」森崎也以嚴肅的目光回望著霧島，「我——」

「森崎教授！啊——有客人在呢。抱歉，打擾了。」突然闖進研究室的正是話題人物柴田。

柴田那慌張笨拙的樣子和平常沒有兩樣，蒼白的雙頰因爲奔跑而顯出病態的玫紅色，身上也仍舊是古板的襯衫與黑裙，一點都沒有改變。

「好久不見。」霧島站起身，「最近好嗎？」

「霧島博士您好，之前受您關照了。我恢復得很好，謝謝您。」柴田恭敬地打完招呼，轉頭向森崎說道：「那麼我待會兒再過來好了。」

「不，不用這麼麻煩，我該走了。」霧島拿起披掛在椅背上的大衣，向森崎點點頭，「你不用送了，再連絡吧。」

「好，再連絡。」

霧島轉身看著柴田——森崎突然間很慶幸，霧島的眼神裡並沒有透出什麼令人臉紅心跳的愛火。

「柴田小姐。」

「是。」

「可以給我妳的手機號碼嗎？」霧島從懷中拿出了自己的手機，如此說道。

「喔，是的，當然可以。」柴田雖然注意到森崎以一種不自然的方式皺著眉，但仍然將號碼告訴了霧島。

「謝謝。」霧島將手機收回西裝中，「那麼再見了，兩位。」

霧島告退之後，森崎從座位上起身，雙手抱胸，對著窗外默默地嘆息。不明所以的柴田站在原地，遲疑了許久才開口。

「……剛剛很抱歉打斷您和霧島博士的談話，是很重要的事對吧？我太莽撞了，請您原諒。」

「不，不是這樣的。其實那段談話不該再繼續下去。剛剛那麼緊張地衝進來，是發生了什麼事嗎？」森崎轉身看著柴田，淡淡微笑。

「文部省發表了藍帶學術研究獎章的受賞人，恭喜您！」柴田揚起燦爛無比的笑容，「我看到佈告欄時很激動，想著要趕快告訴您這個好消息。」

「是嗎？謝謝妳。」但森崎此刻一點都沒有獲獎時該有的心情。他看看錶，順手關上了電腦螢幕。「下午有課嗎？」

「沒有。」

「那麼，就當作是慶祝，我們去遠一點的地方吃午餐吧。」森崎說道，「可以嗎？」

「當然可以。」柴田不好意思地笑笑，「但是，太常讓教授您請客了。請我來當助理之後，您的伙食費一定暴增了吧？」

「如果真的增加了很多，那該怎麼辦呢？」

「啊，果然……那今天先去學校食堂吃飯吧，換我請客。」柴田馬上顯得困窘，「等領到下個月的薪水再請您去高級料亭用餐。」

「呵，不必了。只是開玩笑而已。走吧，去停車場，我們開車去。」

「喔，好的。」

看著森崎穿上大衣，柴田總覺得今天的森崎教授和平常不太一樣。今天的森崎教授看起來心情並不太好，聽到了得獎的消息完全沒有開心的反應，反而心事重重。雖然說要去吃午飯慶祝，但是森崎教授一向都是隨便解決午飯的習慣，會好好用餐的只有早上和晚上而已，今天是怎麼了呢？而且，森崎教授的話突然變多了呢。不只森崎教授，就連剛剛離去的霧島博士也有點奇怪。平常像是木偶般沒有表情的霧島博士今天倒是顯得很愉悅，這麼對比起來，和森崎教授的落差顯得更大了。不過，宛如雕像似的霧島博士竟然也會笑，還眞是大發現哪。

□

午餐的地點選在銀座附近的義大利餐廳。對森崎而言這並不是計畫中的行程，只是在漫無目的的行駛過程中，因爲看到招牌，喚起了曾經路過這家餐廳的記憶而已。

「這家是教授常來的店嗎？」

「其實沒去過呢。之前曾經路過，覺得好像不錯的樣子，今天就來試試看吧。可以嗎？」

「當然可以。」

一打開菜單，柴田不由得咋舌。不愧是高級餐廳，不管是什麼菜色都一樣貴得嚇人，即使是很普通的義大利麵，金額也依舊令人吃驚。但是這樣的價錢對森崎來說根本算不上什麼負擔，他的收入高，平實除了簡單生活和買書之外用不到什麼錢，即使離婚，也無須負擔高額贍養費，加上父母遺留的房產，存款在不知不覺中已經達到了非常大的數字。

午餐進行到一半，森崎不禁失笑。

從一開始柴田大概就抱持著這輩子再也不可能來這種地方的心情吧，她非常仔細、認真地品嚐每道料理，好像要將它們牢牢記在心裡似的。

「好吃嗎？」森崎問道。

「嗯，眞的好好吃。」

「那麼，下次再來吧。」

柴田連忙搖頭，「那可不行，實在太……這裡太豪華了……不適合常來呢。而且我也沒有那麼多錢。」

「我請妳來呀。」

「那更加不可以。怎麼能老是讓教授破費呢。」柴田思索著，「這下子終於能理解，爲什麼同學們都說要嫁個有錢的好老公了，果然生活品質會完全不一樣呢。」

森崎望著柴田，「柴田君也想嫁個有錢人嗎？」霧島的年收入應該比自己還要高很多吧，森崎想著。

「怎麼可能。我們這種人，結婚……沒有想像中容易吧。那已經不是經濟能力的問題了。」柴田刻意裝出無所謂的樣子，「就這樣一個人吧。」

「但是，再怎樣也會有不想一個人的時候吧？」

柴田開玩笑，「那麼，我就看看教授您是不是也獨自一人，是的話，我就過去和您借點溫暖吧。」

森崎訝異，「我嗎？」

「爲什麼露出那麼訝異的表情呢？」柴田說道，「您是唯一的嘛。」

這裡所說的唯一當然不是那種戀愛上的指涉。森崎很清楚，那是因爲經歷過黑貓阿玉的事件後，柴田和都無法再讀到對方的心思。那是阿玉帶給柴田的禮物，但某種程度上森崎也是受益者——他終於知道什麼是單純的擁抱，那是他三十多年來的人生從沒有試過的，也以爲一輩子都不可能擁有的。

「是啊，這麼說來，柴田對我而言也是唯一的。」森崎不懂，爲什麼在說出這句話的同時，胸口卻感到五味雜陳，一股苦澀。

「眞沒想到會在這裡碰到你。」一束清晰無比卻又僵硬的女聲突然緊接著森崎的語句出現。

雖然森崎和柴田同時露出了訝異的表情，但小松由里子的目光卻只集中在森崎臉上。

「眞是巧。」森崎起身，「妳們見過了吧。」

小松這才瞥了柴田一眼，「我們見過。這位小姐不就是你的『唯一』嗎？」

「您誤會了，我們說的不是那個意思。」這下連柴田也站了起來。

森崎溫柔地看向柴田，「沒關係，妳坐下吧。」

「看來我是打擾到兩位了。再見。」

小松由里子的眼中閃著任何人都可以清晰判讀的火光，彷彿要燒灼森崎似地注視著他，幾秒之後，她才一如往常那般充滿戲劇性地離去。

「……小松小姐誤會了。我們所說的並不是那種意思，怎麼就那麼剛好被聽到了呢。」柴田實在不想承認，小松的態度讓她感到很不舒服。

「她就是這樣。其實不是壞人，只是稍微任性了一點。某種程度來說，這也是坦白的個性吧。」

柴田不置可否，只覺得食慾在瞬間消失殆盡。

□

回程時，車裡像是籠罩著某種尷尬沉重的氣氛似的，兩人都沉默不語。在某個路口等待燈號變換時，柴田像是從夢中醒來似地開了口。

「……有件事，雖然覺得很失禮，但還是想請教您。」

「說吧，不要客氣。」森崎流暢地答道。

「您和小松小姐……之所以離婚，有什麼原因是嗎？」

「妳之前也有『看到』吧？我們的兒子，因爲意外過世了。更糟的是，當時的她，因爲承受不了打擊而流產。」森崎像是在聊著他人的閒話似的，緩緩說道，「原本應該好好安慰關懷她的我，卻因爲忍受不了她身上不停傳來的痛苦與怨恨而抗拒，變得一點也不想靠近她。雖然理智上知道那本來就是我該接受的一切，也是像我們這種人結婚後必然會面對的情況，但我卻選擇了逃離。很惡劣吧？我不停地責備自己，但卻又無法回到她身邊，一點都不想看到她的憎恨。

「當然，對她而言，我所表現出來的只有事不關己的冷漠，她無法理解我爲什麼竟然如此冷淡的對待她，就連一個擁抱都吝惜。某天晚上，她終於忍無可忍地責備我，剎那間我才明白，原來我沒有自己想像中那麼深愛她。如果我愛她勝於一切，那麼就會忍受，忍受著她將痛苦傳到我的心裡。

「後來，她向我說，離婚吧。我接受了。因爲除了失去孩子之外，就連我也帶給她傷痛。我那時在想，放手也許對她會比較好吧，會有更好更適合的人珍惜她，以她想要的方式對待她。至於我……一個人吧，一個人就好。」

柴田沒想到森崎教授竟然毫無隱瞞地和盤托出，完完全全地將那段慘痛的過去坦誠相告，一時間她不知如何回應，沉默了好一會兒才說道：「您辛苦了。」

「這些話，並沒有對別人說過。因爲是柴田的緣故，所以才能不加掩飾地說出口……不過，爲什麼會想知道我離婚的緣由呢？」

「因爲，嗯，總覺得小松小姐她，好像還是對您不能忘情吧。既然還有感情，但卻又分手，我不是很能理解。」柴田想了想，「她知道您的能力嗎？」

「知道一些，但不是全部。就她的理解，我偶爾可以很準確猜中她的想法，大致上就是如此，細節部分我並沒有告訴她。」

「如果告訴小松小姐的話，她不就可以理解了嗎？」

森崎苦笑，「但是理解之後呢？她不再責怪我，然後繼續一起生活嗎？接下來的日子是不可能恢復平靜了，她會害怕我知道她的所有想法、害怕失去所有隱私、無所遁形；而我會拒絕看到她傳達來的不愉快，不是嗎？」

柴田抱著胸，「……我好像能預測到我未來的婚姻生活了。看來，我們這樣的人果然不適合和別人共同生活哪。」

聽到「婚姻生活」，森崎不禁想到了霧島上午所說的話。森崎以餘光看向柴田，咳了一聲，試探性地問道：「柴田小姐該不會哪天突然說要閃電結婚吧？」

「我嗎？閃電結婚？」柴田倒是笑了，又顯露出天眞的樣子，「那一定是遇到跟教授一樣的人了。」

「跟我一樣？」

「是啊，讀不到我想什麼，而我也讀不到他想什麼。」

森崎開玩笑地說道：「這麼說來，我們倒是很合適的結婚對象。」

「確實如此喔。」柴田也接續著微笑。

「梶谷那傢伙一直警告我不可以鬧出師生戀來呢。」

「這麼說梶谷主任收到喜帖時一定會嚇一大跳的。」

「就連九条和霧島也會吧。」

然而在幾秒之後，不知爲何氣氛卻變得更爲尷尬。好像有人關上了某種開關、抽去了空氣中的某種成分似的，一切變得凝滯。

「對了，說到霧島博士。他今天好像心情很好呢。」

森崎不知如何是好，只得「嗯」地應了一聲。

「霧島博士是未婚、已婚，還是離婚呢？之前聽九条警部說，好多女警都很迷他呢。」

「霧島這傢伙一直都是單身。怎麼突然對霧島好奇起來了？」

「因爲霧島博士看起來很受女人歡迎的樣子嘛。二十幾歲的女生，對冷硬派的熟男最難以抗拒了。嗯？您怎麼了？我說錯什麼了嗎？還是身體不舒服？怎麼臉色突然——咦？」

□

森崎的銀色轎車在大型連鎖超市前停下。平常一向依靠著超商就可以生活的森崎，在駛入停車場時隨便找了一個理由，想要進入超市採購。而柴田爲了不負助理的職責，當然也就乖乖跟著森崎進入了超市中。

反正也該買貓餅乾了嘛，柴田是如此打算的。

「……牛奶還是要這個牌子的才好。」推著推車，柴田在冷藏櫃前挑選著牛奶。

「爲什麼？」

「因爲習慣了這個牌子的口感，而且加在紅茶裡也很好喝唷。就像玄米茶總是會買伊藤園的一樣，我對鮮奶有奇怪的堅持呢。」

森崎深表同意地點點頭，「那麼做三明治用的起司片呢？」

「也是買國產品。」柴田拿起一包特價的起司片，「特價，便宜了六十圓呢！一定要買。」

森崎看著手上的傳單，「廣告傳單上寫著仙台直送的超大牡蠣也有特價喔，要買嗎？」

柴田以不可思議的神情看著森崎教授，「可是，沒有爐子就沒辦法料理牡蠣呢。它跟三明治不一樣……三明治幾乎不需要任何用具就可以輕鬆料理，牡蠣的話不管要烤還是炸都很麻煩……」

「……這麼說也是。」

「那麼，要買清潔劑嗎？二十加侖裝的超低特價六折呢。」

「噗。二十加侖的清潔劑要用多久才用得完……教授，您到底是要來買什麼的呢？」

「我、我嗎？這個……」森崎很努力地想著理由，他實在沒辦法說出：『因爲我想試看看兩個人一起逛超市的感覺所以才進來』這種話。

「該不會是忘了要買什麼吧？」

「唔嗯……啊，咖啡濾紙！我是爲了要買咖啡濾紙才來的。」

柴田狐疑，「可是您不是都和咖啡豆一起向熟悉的店家訂購嗎？」

「……嗯、所以也不是非買不可……」森崎決定扯開話題，「那麼柴田君要買些什麼呢？我來推購物車吧。」

「那麼就拜託了。我剛好想買福爾摩斯的餅乾和罐頭呢。」

「喔喔，那麼就往寵物用品區前進吧。」

就這樣，柴田和森崎兩人在超市裡忙碌地穿梭起來。雖然一向對購物沒有興趣，不過森崎倒是完全可以理解霧島上午所說的一切。看著柴田踮著腳尖想拿到貨架上層的物品，森崎一面上前幫忙，一面想著如果此時站在柴田身邊的不是自己而是霧島，那麼又會是怎樣的情景呢。

霧島也會幫忙拿重物，也會幫忙推著購物車嗎？

或許他會瀟灑地說：想買什麼都可以，不要管價格。

還是只會爽快地說一句：全都交給我吧夫人。

「……唔，您怎麼了？臉色又變得好恐怖。是不是很不舒服呢？」柴田關心地問。

森崎下意識地摸摸臉，勉強擠出笑，「沒什麼。」

「您今天看起來心事重重呢，一點都沒有獲獎的喜悅，是不是發生了什麼事呢？雖然我沒什麼資格過問您的事，不過我還滿擔心您的。」

「……擔心我嗎？」

「是的。」柴田肯定地點點頭，將手上的保鮮膜放回架上，正視著森崎。

森崎突然感到一陣心跳。

他轉過頭，假意瀏覽著拖把和水桶。

「……如果不方便說就不用說了。」像是察覺森崎有難言之隱似的，柴田體貼地說道，「但我個人比較想看到和往常一樣的教授。」

「和往常一樣嗎……」森崎苦笑，「那麼，往常的我又是如何呢？」

柴田側著頭想了想，「隨時隨地都給人可以放心依靠的感覺喔。」

「那麼現在變得不可靠了嗎？」森崎嚴肅起來。

「倒不是那樣的，只是覺得有種莫名的哀愁呢——抱歉，我好像說得太過火了。」

「其實，霧島是來找我商量的。」森崎突然說道，「他在煩惱戀愛的年齡差距問題。」

柴田驚呼，「咦？！眞是沒想到啊。」

「不過柴田君之前說了，二十幾歲的女生應該都會喜歡霧島那樣的冷……唔，冷硬派是嗎？既然如此，我想他應該沒什麼好擔心的了。」

「原來霧島博士的戀人是跟我年紀相仿的女生啊。坦白說滿意外的呢。」

「……我個人覺得，那個……還遠遠不到戀人的程度啦……」森崎心虛地說道，「不過，柴田君如果遇到年紀大概差距十歲左右的男性示好，會拒絕嗎？」

「若是拒絕的話，絕對不會因爲年紀這種事的。該怎麼說呢，年齡這種事並不是很重要……」

「去除我們那討厭的能力不說，一般而言，柴田君選擇交往對象時最注重的是什麼呢？」森崎覺得自己眞是太勇敢了。這可是全都爲了霧島。他對自己這麼說。

柴田似乎沒有認眞想過這個問題，她盯著貨架想了一會兒，才答道：「理想中的對象……應該是可以讓我安心入睡的人。只要在我身邊，就能令我感到無比安心的……就像是……」柴田臉上刷地一紅。

「就像？！」

「福爾摩斯一樣。」

「福……福爾摩斯啊。」

「是啊。只要把手放在牠身上，就覺得無比溫暖和幸福唷。在宿舍裡很寂寞時，只要轉頭看到福爾摩斯，不管是睡著還是醒著，就會感到安心呢。」

「呵呵。」森崎有種鬆口氣的感覺，但也依稀感到悵然。

貓嗎？

確實是，跟人比起來，貓更不會帶來失望或是背叛。森崎想著。

□

非常感謝森崎教授的午餐，而且還幫忙把大包裝的貓餅乾以及罐頭搬回宿舍。柴田坐在書桌前，在她那本亮紅皮的手帳上記錄著今日的花費，同時寫下對教授的感激之情。教授眞是個大好人呢，不管對誰都那麼好，對我也是，對霧島博士的事也一樣關心。不過，眞是好奇，霧島博士喜歡的人到底是什麼樣子的呢？

柴田想起因槍傷住院時接觸到的霧島，霧島幾乎天天都來探視她，因此她一直在心裡認爲霧島博士是個不太會微笑的好人。雖然冷酷的表情看起來宛如隨時都可能從白袍中掏出一把解剖刀來的連環殺手，但柴田還是可以肯定，霧島博士大概只是有情緒表達障礙而已。

要是霧島博士因爲戀愛而變得更親切那就好了。柴田是這麼想的。

正當柴田闔上手帳本時，擺在茶几上的手機忽然響了起來。來電是陌生的號碼。柴田並沒有多想，很快地接起，首先聽到的是對方清清喉嚨的聲音。

「妳好，我是霧島。」

「啊，您好。」

「那個，我想請問，妳今天晚上有空嗎？是否方便見面呢？」

「咦，我嗎？」

啊，一定是要進行戀愛相談吧？

畢竟我也是二十幾歲的女生，說不定是要問我的意見呢。

「不方便嗎？太冒昧了，我——」

「不、不，不是的。我有空呢。」

「是嗎？」霧島的聲音完全冰得像是結凍的湖水，沒人聽得出來其中飽含欣喜。

「是的。那麼，要約在哪裡呢？幾點？」

「七點左右，我到羽衣大學門口接妳，如何？」

「好的，我沒問題。」

「太好了。到時見。」

「嗯，那麼待會見了。」

柴田掛上電話之後，心裡下了決定。爲了報答霧島博士對自己的照顧，一定要好好地支持霧島博士，盡可能地提供幫助才行。

一面想著，柴田一面傳了簡訊給森崎教授。

——您好。剛剛霧島博士和我約定晚上七點見面，想必是要和我商量他的戀愛煩惱。晚上如果有要我處理的文件，請傳簡訊給我，我會盡快回來的。

□

讀了好一會兒的宮本輝小說之後，時鐘走到了約定好的時間前五分鐘。柴田以指腹輕輕地滑過福爾摩斯的小腦袋，接著從衣架上拿起那件從來沒換過的大衣和老舊的開司米圍巾，靜靜地出了門。

一個人走在寒冷的校園裡，看著建築物偶然散發的點點亮光，嗅吸著灌木叢清淡的植物氣息，嚴格來說是還不錯的散步。柴田將雙手插在口袋裡，以緩慢的步伐前進著，此時的她什麼也沒想，讓腦袋保持著一片空白，彷彿意識裡只有「走路」這件事而已。

從宿舍通往大門的小路上，偶爾會有其他學生和柴田擦肩而過，有情侶，也有結伴的同學，有的人抱著厚重的課本，和身邊的人拚命抱怨著上課無聊或者男朋友最近好冷淡之類的話題。

而這些全部都像從某段隧道深處迎面吹來的風，一下子就消散得無影無蹤。

「啊，森崎教授？」在距離校門還有兩三公尺之處，柴田停下了腳步。

「原來是柴田君……眞、眞是巧。」

森崎教授臉上掛著不自然的微笑，他彷彿爲了什麼事正在苦惱，神情複雜，帶著一絲窘迫。他依舊穿著合身得宜的高級西服和大衣，在昏黃的路燈下，柴田忽然間好像可以理解爲什麼森崎教授是那麼多女生心目中的偶像。

雖然森崎教授和霧島博士年齡相仿，兩人也都擁有非常出色的外表，但卻散發著截然不同的氣質。該怎麼說呢——

「我收到簡訊了。」森崎教授靜靜地說著，打斷了柴田的思緒。

「是。」

「在柴田同學赴約前，我……」

在森崎說出這些話的時候，柴田可以明顯感到空氣爲之凝結。是什麼重要的事嗎？爲什麼這麼嚴肅……

森崎清了清喉嚨，「咳嗯，柴田同學妳——」

「哎呀！這不是森崎和柴田同學嗎？」穿著軟呢長褲和毛線衫以及棕色皮鞋的梶谷主任從小徑的另一頭出現，那張臉看起來就像是剛吃飽似的，泛著一層亮亮的油光。

「啊，您好，好久不見。」柴田趕忙行禮。

「原來是梶谷。」森崎教授的聲音突然變得沙啞，神情也隨之顯得慌亂。

「怎麼了呢？爲什麼站在這裡說話？是要一起出門嗎？」梶谷一走近，渾身上下的酒氣立即刺入柴田和森崎的鼻腔。梶谷好像喝了不少酒，他一手搭住森崎的肩膊，說道，「怎麼樣，跟由里子比起來，還是柴田同學更好對吧？老實說我也是覺得柴田同學更適合你啊，但是呢，由里子好像沒有放棄的打算哪，嘿嘿嘿～」

「……你竟然在學校裡喝得這麼醉……」森崎無奈地扶住梶谷，向著柴田苦笑，「這傢伙一喝多了就會亂說話。」

「我才不是在學校喝的！是跟系上的老師們一起聚餐，現在只是回來拿東西……還有，本人從～來不亂說話的！」梶谷順勢攬住森崎，硬把滿是酒味的臉湊上去，「難道你敢發誓，對柴田同學一點好感都沒有嗎？哈哈哈……嗯？這不是霧島嗎？你怎麼也來了？難道今天是同學會嗎？咦……是嗎？同學會嗎？」

像是一座冰山似的，霧島面無表情地站在校門口，彷彿在看著街頭藝人的胡鬧表演似的。

「啊，您來了。」柴田正陷入一頭霧水的情況，不知如何是好，見到霧島出現，有種好像能獲救的預感。

「妳好。怎麼了，大家都站在這裡？梶谷這傢伙，喝多了是吧？」霧島先拋出令人害怕的微笑，接著才以不悅的目光看著梶谷，「一喝醉就開始胡言亂語，這老毛病完全沒改。」

梶谷主任生氣地甩開森崎教授的手，頓足道：「你們是怎麼啦？老是說我亂講話，從以前就是這樣，我明明就是最老實最坦白的人啊！眞是的！」

梶谷碎碎叨唸著，「唉呀，霧島也就算了，森崎你啊，還是那麼不坦白，這樣柴田同學會生氣的唷。」

「我、我沒有生氣啊，沒有理由生氣。」柴田急忙澄清。

霧島看著梶谷，「森崎坦不坦白，跟柴田小姐有什麼關係？」

「有什麼關係？有什麼關係？當然有關係啦，你這傻小子還搞不清楚狀況，森崎這個傢伙，對柴田同學——」梶谷的話被森崎猛然覆上臉部的手掌打斷，他用力地甩開森崎的手，異常敏捷地往後跳了一步，「我偏要說！霧島，我告訴你，森崎他呀，其實根本、根本……嗯？我本來要說什麼？喔——對了，總之，我看得很清楚，森崎他——絕對是喜歡上了柴田同學——噫！我好勇敢，我說出來了！哈哈哈哈～」

梶谷獨自仰天大笑，垂手而立的森崎、柴田目光交會後隨即彈開，轉而注視著發酒瘋的梶谷，而霧島則是將目光從梶谷調到森崎身上，靜靜地注視著這位從高中至今的好朋友。

柴田感覺心臟沒有任何理由地急速跳著，她藉走上前攙扶梶谷的動作來掩飾油然而生的慌亂感。

「梶谷主任，我送你上計程車吧。」柴田吃力地扛起梶谷粗壯的臂膀。

這時霧島越過了森崎，伸手扶住梶谷的另一側，以生硬的語氣說道：「我有開車，我送他回去。柴田小姐，麻煩妳也一起隨行，在後座照顧這個酒鬼。」

「是。」爲了逃離尷尬的場面，柴田順從地點點頭。

沒想到森崎忽然轉頭看著霧島，「我也一起去。」

霧島像是回應著什麼似的，直視著森崎，「……沒想到你對這個滿嘴胡說八道的傢伙這麼好。」

「你不也很體貼地要送梶谷回家嗎？」森崎揚起淺笑。

一時間空氣像是加強了壓力，柴田感到呼吸非常不順暢，加上梶谷刺鼻的酒味和剛剛震撼性的發言，她覺得好像有人正拚命地搥打她的腦袋……

梶谷主任是在發酒瘋呢。

柴田告訴自己。

是這樣吧。

是這樣吧？

這時霧島的聲音將柴田拉回現實。「我終於理解，你那時爲什麼如此激動了。」霧島以一種淡然卻諷刺的口吻說道，「還眞是不坦白。」

森崎沒有回應，然而柴田卻清楚感覺霧島和森崎兩人的眼神交會，讓四周一切全都靜止，夜晚的風聲、校門外轟隆的車聲、偶爾路過的學生交談聲和腳步聲，一切彷彿電影畫面般被定格住，同時也在轉瞬間切換成一片寂靜……

好像、只聽得到心跳聲呢。

本篇完

後記

《鬼祭之日》是少數以浪漫feel開場的故事。人的一生不能預知自己會遇見什麼人，或者跟某些人發展出怎樣的故事。

某天下午我坐在常去的湛盧咖啡，玩了許久的植物大戰殭屍還在網拍上買了超老舊的DVD之後，終於甘願乖乖地打開WORD檔，好好地想故事。那時湧上我心頭的想法就是：如果女主角遇見了令人難以忘懷的美男子，但最後卻發展出一套毫不浪漫、斬妖除魔式的驚悚故事，那會怎麼樣呢？於是，我們親愛的鄭以薰先生就出現了。

在此要先聲明，鄭以薰這個角色並沒有人格分裂，他之所以老是玩性格大變換這種遊戲，其實也是身不由己，如果他和蘇怡賢的搭檔還有機會繼續下去的話，會在續作裡解釋一下他怎麼會有這種怪異的性格表現。

我從來就不覺得自己寫的故事很恐怖很血腥，我只是以比較黑暗的手法，從比較黑暗的角度去看待某些事而已。《鬼祭之日》也一樣，徐智軒的自白部分是在書寫時最投入而流暢的部分，一個還算善良之人到底是遇到怎樣的境況，才會無奈消極地以詛咒方式來宣洩自己的憤恨呢？這是我想探究的部分。

至於附上的《羽衣シリーズ・番外篇》，是因爲捨不得柴田妹和森崎教授，但又不想讓羽衣大學天天發生慘案，所以稍微側寫一下他們最近的生活。《羽衣シリーズ》目前的作品有《黑貓》和《死者的學園祭》，除了一向高人氣的九条有馬夫婦之外，最近霧島博士的人氣也不錯，果然冷硬派大叔還是很受歡迎的。

在此再度感謝一直以來支持我的讀者，特別是在部落格上陪伴我的大家、春天出版的大家、在百忙中非常努力擠出時間爲我繪製超精美封面的斑目大大以及購買本書的你/妳——非常感謝你們，謝謝。

鍾靈・2011

鬼祭之日
The Date of Death

國家圖書館出版品預行編目資料

魔狩千夜譚：鬼祭之日/ 鍾靈著. ——初版. ——臺北市：
春天出版國際, 2011.10
面； 公分.——（鍾靈作品；06）
ISBN 978-986-6345-96-8（平裝）
857.7　　　　100018504

鍾靈作品／06
魔狩千夜譚：鬼祭之日

作者 ◎ 鍾靈
總編輯 ◎ 莊宜勳
責任編輯 ◎ 黃郁潔
封面繪圖 ◎ 斑目
封面設計 ◎ 克里斯

發行人 ◎ 蘇彥誠
出版者 ◎ 春天出版國際文化有限公司
地　址 ◎ 台北市忠孝東路四段303號4樓之一
電　話 ◎ 02-2721-9302
傳　真 ◎ 02-2721-9674
E－mail ◎ frank.spring@msa.hinet.net
網址 ◎ http://www.bookspring.com.tw
部落格 ◎ http://blog.pixnet.net/bookspring
郵政帳號 ◎ 19705538
戶　名 ◎ 春天出版國際文化有限公司
法律顧問 ◎ 蕭顯忠律師事務所
出版日期 ◎ 二〇一一年十月初版一刷
定　價 ◎ 170元
總經銷 ◎ 楨德圖書事業有限公司
地　址 ◎ 台北縣新店市復興路45號3樓
電　話 ◎ 02-2219-2839
傳　真 ◎ 02-8667-2510
香港總代理 ◎ 一代匯集
地址 ◎ 九龍旺角塘尾道64號 龍駒企業大廈10 B&D室
電　話 ◎ 852-2783-8102
傳　真 ◎ 852-2396-0050

排 版 ◎ 浩瀚電腦排版股份有限公司
印刷所 ◎ 鴻霖印刷傳媒股份有限公司

ISBN 978-986-6345-96-8
Printed in Taiwan

The Date of Death

鍾靈作品

私の，限りなく残酷でいて，怖い手帖——

The Date of Death

鍾靈作品

私の，限りなく残酷でいて，怖い手帖——